CRIATURAS ISLEÑAS

OTROS LIBROS DE MARGARITA ENGLE

Aire encantado:
Dos culturas, dos alas: una memoria

La selva

Hurricane Dancers:
The First Caribbean Pirate Shipwreck

Jazz Owls
A Novel of the Zoot Suit Riots

The Lightning Dreamer:
Cuba's Greatest Abolitionist

Isla de leones:
El guerrero cubano de las palabras

The Poet Slave of Cuba:
A Biography of Juan Francisco Manzano

La rebelión de Rima Marín:
El valor en tiempos de tiranía

Silver People:
Voices from the Panama Canal

Sueños salvajes

La tierra al vuelo:
Una continuación de Aire encantado*, su libro de memorias*

El árbol de la rendición:
Poemas de la lucha de Cuba por su libertad

Tropical Secrets:
Holocaust Refugees in Cuba

The Wild Book

Alas salvajes

Con una estrella en la mano

Tu corazón, mi cielo:
El amor en los tiempos del hambre

TRADUCCIÓN DE EMILY CARRERO MUSTELIER

MARGARITA ENGLE

CRIATURAS ISLEÑAS

atheneum

NUEVA YORK ÁMSTERDAM/AMBERES LONDRES
TORONTO SÍDNEY/MELBOURNE NUEVA DELHI

Un sello editorial de la División Infantil de Simon & Schuster
1230 Avenida de las Américas, Nueva York, Nueva York 10020

Diseño del libro de Rebecca Syracuse • El texto de este libro usa la fuente Charter.
Fabricado en los Estados Unidos de América
Primera edición en español de Atheneum Books for Young Readers, julio de 2025
10 9 8 7 6 5 4 3 2 1
Library of Congress Cataloging-in-Publication Data
Names: Engle, Margarita, author. | Carrero Mustelier, Emily, translator. • Title: Criaturas isleñas / Margarita Engle ; traducción de Emily Carrero Mustelier. • Other titles: Island creatures. Spanish
Description: Primera edición en español | Nueva York : Atheneum Books for Young Readers, 2025. | Audience term: Teenagers | Audience: Ages Mayores de 12 años. | Summary: Cuban childhood friends Vida and Adán rediscover each other in Florida where they work together to protect endangered animals while navigating their complicated homelives.
Identifiers: LCCN 2024052220 (print) | LCCN 2024052221 (ebook) | ISBN 9781665960854 (hardcover) | ISBN 9781665960847 (paperback) | ISBN 9781665960861 (ebook) • Subjects: CYAC: Novels in verse. | Zoos—Fiction. | Family life—Fiction. | Cuban Americans—Fiction. | Romance stories. | Spanish language materials. | LCGFT: Romance fiction. | Novels in verse. Classification: LCC PZ73.5 .E544 2025 (print) | LCC PZ73.5 (ebook) | DDC [Fic]—dc23
ISBN 9781665960854 (tapa dura) • ISBN 9781665960847 (rústica) • ISBN 9781665960861 (edición electrónica)

Para los animales en peligro de extinción
y las pocas personas que deciden quedarse con ellos
durante los huracanes.
Y para quienes se reconocen feministas,
cualquiera sea su género.

DIEZ AÑOS ATRÁS

montañas de Guamuhaya,
región central de Cuba

INFANCIA ISLEÑA

los niños recorrían intrincados senderos entre picos verdes
donde nacían ríos salvajes sobre cascadas
que desembocaban en profundos estanques azules
llenos de reflejos
deseosos de
leyendas

cada vez que el niño veía caballos
transportar cargas demasiado pesadas
o una yunta de bueyes cansados esforzándose
bajo su yugo de madera compartido
o un perro golpeado por ladrar frenéticamente
o tristes pájaros cantores enjaulados como curiosidades
liberaba a los seres atormentados
y los llevaba a una fragante granja de cacao
donde eran atendidos por una chica
que alimentaba a las criaturas
y la música, las canciones que ella inventaba,
hacían que la vida pareciera
serena

AHORA

suburbios del sur de Florida

RARO Y EN PELIGRO

Vida

Cuando les canto a los animales heridos
mi voz crece, se eleva y flota
como alas con plumas
con vida propia
separadas
de
mí.

Yo
soy
solo
un aleteo
de bellas palabras en aire perfumado
a la deriva hacia la empinada cascada
de recuerdos que casi quiero olvidar
y que con la misma pasión
espero conservar.

VIVA
Vida

Después de sobrevivir la plaga del dengue
que se apoderó de mis padres, abuelita Rita vino
y me cambió el nombre de Serena a Vida
en honor a la vida.

Me trajo aquí, a una casa rosada en Miami,
donde aprendí inglés, espanglish, fotografía
y el arte de los sobrevivientes de aparentar creer
que soy fuerte
y corajuda.

Rita podría jubilarse fácilmente,
pero sigue trabajando
y viajando como fotoperiodista,
entusiasmada con toda la nueva magia digital
que la ayuda a documentar horribles atrocidades
junto con actos inspiradores de bondad humana
en zonas de guerra y paisajes lunares deforestados
por todo el mundo.

Su colección de cámaras antiguas
con inmensas lentes telescópicas
ahora es mía

y el armario también
ella lo convirtió en un cuarto oscuro
donde los químicos desconcertantes
transforman negativos fantasmales
en imágenes impresionantes
que puedo sostener
en mis manos
planas
tangibles
pruebas
de la capacidad de la luz
para hacer visibles y sólidas
las sombras de la vida, conservadas en
las paredes, techos y pisos
de marcos
angulares.

SOBREVIVIR

Vida

Busqué el origen de la palabra
y aprendí que significa *supervivo*
de la combinación de raíces latinas
sobre
y *vivir*.

La etimología me ayuda a sentirme como una superheroína,
por lo menos en mis memorias de esos momentos
cuando el niño Catey y yo ayudábamos a las criaturas
a elevarse por encima de la piscina profunda
de un reluciente
futuro.

DESPIERTA
Vida

Los ensueños y los recuerdos
son igualmente vívidos a la luz del día.

Recuerdo cosas que parecen ciertas
pero que bien pude haber imaginado,
dependiendo de si
hay un marco ordenado
en mi mente
para guardar
el pasado extraviado
de cuando era pequeña,
tan valiente y confiada,
enamorada del monte,
los verdes árboles, una cascada,
criaturas frágiles, el olor del cacao
y la sonrisa del niño Catey.

Cuando rescatábamos animales
nuestras mentes dejaban la tierra, levantándonos
para flotar como nubes.

SOLA
Vida

Cuando abuelita Rita viaja alrededor del mundo
fotografiando batallas, escasez y festivales,
me quedo en casa, sola, decidida a llenar
solicitudes de trabajos de verano que pudiesen
permitirme
sentirme enérgica
afuera
bajo el sol.

Sin importar el tiempo que he vivido aquí
en esta inmensa ciudad de casas rosadas
e isleños exiliados, aún me siento ligera
cuando mi mente se eleva a bailar
en el tierno abrazo
del tiempo.

Pienso en el niño, su sonrisa con hoyuelos
y coraje gentil… sin él, tantas
criaturas sufrientes habrían olvidado
que los humanos
pueden ser misericordiosos.

los niños inventaron
su propio lenguaje silente
de saltos y piruetas
una manera de bailar
con seres alados
y de cuatro patas
que dependían de ellos
y de su amabilidad

le daban un sitio seguro para vivir
a cada animal que rescataban

una nueva casa
con extraños
que vinieron desde lejos
solo para ayudar a la niña y al niño
a hacer realidad
sus ensueños

sus padres lo aprobaron
pues siempre creyeron
que su finca de cacao era un cultivo mágico
arraigado en el aroma de generosidad del chocolate

ÉXODO

Adán

De niño me decían Catey
—*perico* en taíno—
en honor a todos los pequeños pájaros enjaulados
que Serena y yo liberamos
cuando éramos expertos ladrones de criaturas.

Luego el clima de nuestra montaña cambió de repente.
La sequía acabó con los árboles de cacao,
los deslaves siguieron a las inundaciones,
y como el chocolate es un cultivo dulce
que nunca debe crecer en sitios crueles,
no tuvimos forma de prosperar ni más caramelos que vender
a extranjeros en elegantes tiendas para turistas.

Los mosquitos nos invadieron, una plaga bíblica
llena de enfermedades nuevas y antiguas:
zika, chikunguña, malaria, fiebre amarilla
y dengue hemorrágico, un virus horrible
que hace que las personas sangren por la piel, las orejas,
incluso los ojos.

Los padres de Serenita enseguida murieron
y ella habría sido la siguiente,

pero su abuela Rita llegó justo a tiempo
para llevársela,
dejando
    mi
corazón de siete años
    destrozado.

Ahora que soy grande,
me es casi imposible creer
que me enamoré
hace tanto tiempo.

FORTALEZA

Vida

A veces tengo tanto miedo
que no me permito ser
espontánea.

Se me antojan planes
rutas de escape
estrategias de supervivencia
maneras de proteger
mis emociones.

Una vida llena de pérdidas
me ha enseñado a ser
precavida.

Una vez cuando tuve que escribir un poema
sobre quién soy, en una clase de lengua
donde todos parecían felices,
elegí el título: «Arquitectura»
y luego añadí
una fortaleza
hecha
de luz.

Pienso en mi futuro
como la sombra
de una fotografía.

CAÍDA LIBRE

Adán

El béisbol me ha enseñado a no dudar.
De nada sirve pensar si corrí rápido hasta primera base
cuando ya me estoy
deslizando
hacia
home.

Así que bateo
corro
anhelo.

El entrenador
me dice
paracaidista.

VIAJE DE CASA A CASA

Adán

Mi familia entera remó en un pequeño bote hasta Florida
cuando tener los pies mojados del mar significaba que
podríamos quedarnos en el mítico Estados Unidos
y convertirnos en ciudadanos… aun siendo
increíblemente pobres
pero más o menos libres
de soñar con ser prósperos.

Nuestra casa es alquilada
y está llena de gente escandalosa
con las voces de mis hermanas,
las animadas historias de mami y abuela,
las fuertes discusiones de papi y abuelo
sobre sus esfuerzos por ganarse la vida
como jardineros paisajistas...

pero a veces extraño las coloridas mazorcas de cacao
y el olor de la pulpa cruda antes del proceso
de transformación de semillas a chocolate,
y cada día extraño a Serena y a sus padres,
las únicas personas que realmente conocían
mi habilidad secreta
como rescatador de animales que necesitaban
su propia forma de libertad.

SUEÑOS DE UN TRABAJO DE VERANO

Adán

Las posibilidades
brillan y parpadean
en la pantalla de mi *laptop*.

He trabajado con papi y abuelo
como jardinero, o con el entrenador enseñando béisbol
a niños pequeños, pero ahora anhelo algo nuevo:
ser consejero de campamento en un zoológico de crías
donde los niños verán cómo se pueden rescatar especies
raras
y cómo sus descendientes con el tiempo pueden volver
a vivir en hábitats naturales.

Es una forma compleja de sentirse libre
en este duro mundo
de rígidas
jaulas.

CLUB DE POESÍA ENTRE ESPECIES
Vida

Todos los días después de la escuela
en lugar de languidecer en una casa vacía
mientras Rita está en Crimea, Burkina Faso o Perú
les leo en voz alta
a animales solitarios
en un centro de rescate de vida silvestre
donde las alas y las patas sanan
mientras se encuentran las esperanzas perdidas.

Dulce María Loynaz es la poeta favorita de los búhos.
Aman los versos cortos de *Bestiarium*
y los más largos de *Poemas sin nombre*,
como ese poema sobre criaturas isleñas,
ríos isleños y piedras isleñas,
todos tan ligeros y ágiles
que se elevan
y vuelan.

Es como si la poeta nos conociera a mí y a Catey
cuando flotábamos sobre la jaula de olas de Cuba.

LEO POEMAS SIN NOMBRE EN VOZ ALTA

Vida

Dulce María Loynaz fue censurada en Cuba;
no pudo publicar después de la Revolución
porque escribía sobre el amor y las flores
en lugar de la guerra y el poder.

Después de morir,
su casa se convirtió en un centro cultural
con una enorme escultura en el patio
de una mujer sin cabeza, sin boca,
sin voz.

Ahora, mientras los búhos y las águilas heridas escuchan,
mi propia voz se eleva para encontrarse con el lenguaje
musical de la poeta
en el aire.

Los poemas no necesitan nombres
cuando el público es una variedad
de criaturas aladas que no han aprendido
ninguna palabra.

POCIÓN
Vida

Cuando trabajas con animales
el mundo entero está hecho de partículas invisibles,
aromas flotantes que capturan
moléculas
a tu alrededor
un elixir
de pelo
plumas
aliento
digestión...

Entonces les leo a las criaturas salvajes
consciente de que mi ropa apesta a egagrópilas de búho
y guano de murciélago, pero los olores me recuerdan
que todos los animales y yo estamos
¡vivos,
vivos,
vivos!

Somos
sobrevivientes.

RESCATE

Adán

Voy camino a casa
por la noche luego de un juego (¡ganamos!)
cuando veo a un perrito amarrado
afuera de una reja.

Qué extraño.
¿Por qué no adentro?
Quienes maltratan animales
en general quieren tenerlos encerrados.

Estaciono.
Miro a mi alrededor.
No necesito linterna.
La luna me asiste un poco.
¿Habrá cámaras de seguridad?
Me arriesgaré.

Liberar a una criatura cautiva me hace sentir
esperanzado, como cuando era joven, el niño
llamado Catey que levitaba en las montañas
tan fragantes como el chocolate semiamargo.

NO ERA UN PERRO DESPUÉS DE TODO

Adán

Corto la cadena
libero a la criatura
la envuelvo en una manta
y corro a mi camioneta.

Es un zorro gris, de esos que trepan árboles
y producen tantos sonidos salvajes y espeluznantes:
aullidos felinos, un gemido canino, ladridos,
gruñidos explosivos.

Pero este zorro está en silencio
excepto por su lengua que lame
mientras calma la sed que debe de haber soportado
durante horas, encadenado a una reja
por un humano sádico
que quería que la muerte
fuera lenta y dolorosa.

Sin duda denunciaré al tipo.
La crueldad contra los animales
es un delito.

SANTUARIO

Adán

Las luces están encendidas.
¡Hay un veterinario!

También hay una chica como de mi edad
con cabello color chocolate oscuro que se ondula
sobre sus hombros, y una figura curvilínea,
y grandes ojos verdes
en un rostro de miel oscura
igual a la mirada de Serena
cuando éramos pequeños...

pero la etiqueta con el nombre
en la camisa de esta chica linda
dice Vida, un nombre tan inusual
pero perfecto para una persona que consuela
a las criaturas heridas.

ESPERANZA, SIEMPRE ESPERANZA

Vida

Huelo al muchacho que rescató al zorro
justo antes de mirar hacia arriba y ver sus músculos
y su sonrisa dulce… hoyuelos, cabello negro y desgreñado,
piel del tono castaño rojizo de la canela, y debe de haber
feromonas en el sudor, porque me siento tan atraída
como si estuviera sin camisa, en lugar de cubierto
con un uniforme de béisbol sucio,
lodo en el pecho y en las mangas,
rodillas, muslos...

Si hubiera un premio a la peor habilidad para coquetear,
lo ganaría, porque siempre he sido incapaz
de dominar la charla juguetona, así que en vez
solo escucho a la veterinaria
mientras recita lesiones, deshidratación,
abrasiones por la cadena, miedo, terror, trauma
y esperanza, siempre esperanza, en este caso
una alta probabilidad de que el zorro sobreviva
y sea liberado a la vida silvestre
¡vivo, vivo, vivo!

cada criatura rescatada
era mágica para los niños
que veían a los animales
como ángeles guardianes
y no a la inversa

LEVITACIÓN

Adán

Cuando el zorro está a salvo
y acomodado en una jaula
me quedo y escucho
la música reconfortante
de la voz rítmica de Vida
mientras les lee a las aves
sus palabras
que agitan
remolinos
de mis nostálgicos recuerdos.

Cuando mi amiga Serena les cantaba
a las criaturas que rescatábamos juntos
siempre me sentía elevado por la música.

Ahora lo siento de nuevo, esa capacidad de trascender
todo el desorden que intenta capturar a mi mente
y mantenerme cautivo.

Corazón en el aire mi imaginación
flota.

SEGUNDO ENCUENTRO

Vida

El zorro necesita que lo cuiden
a estos búhos se les antoja la poesía
y yo solo quiero la libertad de soñar
con una época en la que la palabra *hombre*
no era aun un sinónimo
de *peligro*.

Es sábado, no hay escuela y a mitad
de esta mañana tranquila, Adán regresa
con su hermanita, Albalucía,
quien prefiere que la llamen Luci.

Ella usa una silla de ruedas.
Una de sus piernas es corta y está torcida.
Polio, admite encogiéndose de hombros, porque sus padres
decidieron no vacunarla cuando llegaron a Estados Unidos,
y ahora sufre las consecuencias,
pero su dolor no es constante; a menudo
puede caminar con muletas
o con un bastón.

EXAMEN DE MEMORIA

Vida

Como si ayudara a su hermano a hacer preguntas,
Luci ofrece sus propias respuestas
y anuncia que puede adivinar
cómo elijo los poemas para leer en voz alta
a mi público de animales.

Mis ojos vagan de su rostro animado
a los ojos casi familiares
de su hermano
y a su sonrisa con hoyuelos.

Ya siento que lo conozco de nuevo
aunque no hemos hablado
sobre nuestros nombres de la infancia.
Él es Catey.
Yo soy Serena.
Éramos pequeños y audaces salvadores de criaturas
transformados en extraños adolescentes.

La última vez que vi a Luci era una niña pequeña
y sus piernas se encontraban firmes, sanas, enteras.
Ahora es una exuberante preadolescente
que me cuenta sobre el club de lectura feminista

de sus hermanas mayores
y los esfuerzos sinceros de su hermano
por ser un aliado de los derechos igualitarios.

Acertó.
Leer sobre la igualdad de las mujeres
definitivamente es un punto a favor de su hermano,
como si necesitara
una razón más
para recordar
y confiar
en Catey.

ISLA

Adán

La voz de Vida
suena como música
al entrar por mis oídos.

Hoy tiene el cabello oscuro trenzado
su figura cautivadora con un vestido de verano
del color de un bosque.

Si estuviera hecha de rocas y arena,
desaparecería bajo el mar creciente
de mi imaginación, y luego regresaría
montañosa
atronadora
un volcán
viva
ardiente.

He coqueteado, salido con chicas y mucho más,
pero nunca con alguien que pareciera
ser tanto real como misteriosamente de ensueño,
ojos como helechos, enroscándose hacia mí.

CÓMO TRIUNFAR
Vida

Catey era tan delgado y huesudo
como los brillantes periquitos verdes
que rescataba de las jaulas.

Este muchacho es fuerte,
un jugador de béisbol con brazos
como un superhéroe, pero su rostro me resulta tan familiar
que estoy segura de que es mi amigo de la infancia
perdido hace mucho y de alguna manera
ahora encontrado de nuevo.

Lo que sigue es un poema de Ada Limón,
les anuncio a los búhos
mientras la hermanita de Adán sonríe en aprobación
y dice que «Cómo triunfar como una chica»
es su verso favorito, porque ama a los caballos
y espera montar en los Juegos Paralímpicos algún día.

¡Es fácil para mí imaginar
su jubilosa
victoria!

PONME UN NOMBRE

Adán

El siguiente poema
también es de Ada Limón
pero es un verso tranquilo
ambientado en el Jardín del Edén
donde Eva
nombra
a todos los animales
mientras se pregunta
cómo
podrían
llamarla
a ella.

No estoy del todo listo para decirle a Vida
que estoy casi seguro de que la recuerdo, porque
¿y si me equivoco y ella no es realmente Serenita?
Entonces supondrá que es solo una frase coqueta
que podría haber usado antes,
una y otra vez, como un hechizo
que los chicos intentan lanzar a las chicas.

PREGUNTAS SOBRE LOS ESPÍRITUS

Vida

Tarde por la noche, sola en mi silenciosa casa,
busco los orígenes de la palabra *criatura*
y descubro que procede de *creare*, que en latín
significa *crear*.

¿Qué hay de mis padres perdidos?
¿Los muertos todavía viven de alguna manera creativa
que no puedo ver ni oír,
pero puedo imaginar con facilidad?

¿Es mi imaginación su propia creación
o mi mente fue hecha mucho antes de que yo naciera?
¿Y comparto pensamientos con otras criaturas
que sueñan despiertas dentro
de mundos ocultos?

¿Creé yo mis recuerdos de Catey
o realmente pudimos elevarnos a danzar por el cielo
cada vez que sosteníamos
                    las pequeñas manos del otro?

REUNIDOS

Adán

Ocurre un momento
de reconocimiento definitivo
justo después de que he saludado a Vida
varias veces, cada conversación
un poco más reveladora que la anterior.

Ella me da la bienvenida con besos al aire
sus labios casi alcanzan mi mejilla
mientras coloco mis manos en sus hombros
para mantener firme
mi corazón.

Catey, dice ella.
Serena, respondo.

Tan pronto como pronunciamos
esos nombres de nuestro pasado compartido,
somos amigos de nuevo, como si nunca
hubiéramos perdido la cercanía de la infancia
en el monte, nuestro verde bosque
con su aroma a cacao.

REDESCUBRIMIENTO

Vida

Este abrazo
me hace temblar
pero en lugar de sentir miedo, me siento
maravillada, porque él no es
uno de esos tipos aterradores… aquí está mi viejo amigo
Catey, un niño pequeño convertido en grande y fuerte
pero aún digno de confianza
y gentil.

Así que envío mi confusión al silencio
mientras suelto solo un fragmento de la agónica historia
sobre la muerte de mis padres
y la forma en que fui adoptada
por una abuela a la que nunca había conocido, una viajera
que está tan poco en casa que a veces me siento
aún más sola
que cuando creía
que estaba a punto de morir
y ser desgarrada
por los buitres.

EQUILIBRISTA

Adán

Escucho.
Trato de abrazarla.
Ella se aleja.
Me dice que me vaya...

pero mi hermanita ruega, hasta que Vida al fin acepta
ver una lección de equitación en el establo terapéutico
donde yo limpio el estiércol
para que Luci se sienta fuerte y veloz
a caballo, al menos una vez a la semana.

Ahora es como si estuviera encaramado allá arriba también,
tratando de no caerme de un caballo o de un acantilado;
este redescubrimiento de mi mejor amiga de la infancia
es tan precario como nadar en el río
demasiado cerca del rugido de la cascada.
Si me caigo,
¿desapareceré
en una corriente
de bruma?

VERDAD O RETO

Vida

Ayudo a preparar el caballo
enderezar la silla
ajustar la cincha
levantar a la niña.

Encaramada en lo alto
ella me desafía
a un juego.

La verdad
es demasiado arriesgada
así que elijo un reto.

Sé valiente, exige Luci.
Deja que mi hermano sea feliz.
Dale una oportunidad.
¿Por qué estás
tan asustada?

el chico rescató una iguana
de la mochila de un turista
donde estaba atada
cautiva
como un recuerdo

pero la chica
tenía demasiada fiebre
para ayudar a alimentar al enorme lagarto

así que el chico se quedó solo
al borde de un bosque
mientras la liberaba
junto a imponentes
helechos arbóreos

la sangre goteaba de los ojos verdes de la chica
y sus dedos parecían antorchas en llamas
pero aun así agarró sus manos
con la esperanza de aliviar su dolor al reclamar
su peligroso calor
como propio

PEGASO
Vida

Apunto con una pesada cámara
a la valiente niña que se aleja a caballo
en el momento
perfecto
mientras unas palomas
aletean
detrás de ella
y surge una imagen híbrida, la chica-caballo
milagrosamente alada.

HECHIZADO

Adán

Su cámara
y el cuarto oscuro
son místicos
y esta foto
enmarcada
mágica.

El cabello de Vida huele a laboratorio químico,
pero estoy fascinado, porque dice
que hay una hora dorada cada tarde
justo antes del anochecer
cuando la realidad
y la imaginación
se encuentran y bailan en el aire.

La fotografía, proclama, es una búsqueda
de los tesoros
de la luz
delineada
por la oscuridad.

INCERTIDUMBRE

Vida

Adán es el primer chico que he invitado
a esta casa.
Durante diez años extrañé a Catey
sin darme cuenta de que vivíamos en la misma ciudad
a solo unos kilómetros de distancia.

Ahora, de alguna manera, hemos recuperado
de repente todas nuestras mágicas posibilidades
de la infancia.
No es algo que pueda explicar con palabras,
así que le tomo una foto mientras sostiene un marco
que al final albergará su retrato.

Estoy vestida de manera desaliñada
con *shorts* y una camiseta de tirantes,
el cabello salvaje y enredado, sin maquillaje, pero él dice
que soy hermosa, y de alguna manera quiero creerle
aunque la atención me da miedo
esta cercanía
imposible
de mapear.

¿Y si es agresivo como esos otros muchachos,
los buldóceres humanos que casi me aplastan?

NOMBRES VIEJOS Y NUEVOS

Adán

Los cateyes son pájaros verdes tan vivaces
y alegres que la gente los captura
y los tiene como mascotas,
pero mi verdadero nombre, Adán,
simplemente aluda a un antiguo solitario que no sabe
nada y siempre vuelve a crear
el jardín místico a su alrededor
completamente nuevo.

Serena pertenecía a una época en la que ser serena
parecía posible, pero Vida es la *Vida*,
complicada e impredecible,
con emociones que se elevan
y vuelan, o se hunden
hacia las profundidades.

Acordamos contarnos las verdaderas historias
de nuestra década aquí en Florida,
cuando ambos asumíamos
que el otro estaba lejos.

Nos turnamos para sostener un marco de fotos vacío
mientras revelamos nuestras emotivas historias
de éxodo y reinvención.

DIARIO DE UNA HUÉRFANA

Vida

Mi abuela sigue siendo un misterio
incluso después de una década entera juntas.

Mucho antes de que yo naciera, huyó
de la isla para convertirse en fotoperiodista.
Después de rescatarme de la fiebre del dengue,
nunca pasamos un año entero en esta casa.
Hubo hoteles, niñeras, nanas,
luego un internado donde me volví sombría,
tan desdichada bajo el escrutinio de extraños
que no tenían memoria de la pobreza,
niños ricos y privilegiados demasiado arrogantes
como para ser mis amigos, chicos que preguntaban
si mis senos eran reales, y luego extendían la mano
y me tocaban, como si yo fuera una estatua.

A veces deseaba tener una abuelita vieja y tradicional
que se quedara en casa y horneara pastelitos,
pero estoy orgullosa de Rita; sus fotos son heroicas
y es un ejemplo tan audaz
de independencia
feminista.

MI COMPLICADA FAMILIA

Adán

Mis hermanas mayores son estudiantes universitarias
que todavía viven en casa para ahorrar dinero.
Graciela quiere ser médica, y Libertad
está interesada en la investigación médica, porque
todos hemos sido afectados por la polio de Luci
y por la forma en que nuestros padres
absorbieron teorías conspirativas
antivacunas
tan pronto como llegamos
al míticamente libre Estados Unidos
donde cualquiera puede difundir rumores falsos
y no hay forma de identificar la verdad.

Ahora, mami pasa la mayor parte de su tiempo
ayudando a mi hermanita con la fisioterapia
y las tutorías para que Luci pueda tratar
de ponerse al día después de años
de asistencia escolar deficiente, como resultado
del dolor y la debilidad.

Papi y abuelo beben demasiado
mientras abuela mira telenovelas para evitar
tomar partido en las discusiones machistas.

No hay nada más perturbador
que esperen que elija
entre mi padre
y mi abuelo
cuando ambos
están equivocados.

Los hombres que pelean con otros hombres
parecen no darse cuenta
de que las mujeres y los niños
son los que quedan con
las mentes
y los recuerdos
magullados.

La guerra no necesita un país.
Puede seguir rugiendo durante años
dentro de una sola casa pequeña.

PUÑO
Adán

Cada vez que mi padre y mi abuelo pelean borrachos,
con tanta pasión como si creyeran que su ira es una religión,
miro hacia abajo a mis propias manos enroscadas
y me obligo a recordar
la fuerza
inofensiva
con la que el bate
golpea una pelota
mientras todo el equipo aplaude
animado y compartimos
la alegría.

Las manos humanas
pueden ser tan esperanzadoras
pero los puños
siempre están
en soledad.

ESCAPE DE MILAGRO

Vida

El internado
tenía una instalación de cría de especies raras.
Yo era una de las estudiantes llamadas Zooies,
porque cumplía con los requisitos para una pasantía
donde aprendí a cuidar
a osos sol en peligro de extinción,
pandas rojos, flamencos andinos y un canguro bebé
que se paseaba en el bolsillo de mi sudadera
como si yo fuera su madre, con una bolsa natural.

La parte trágica de esta historia
debió haber sido evitable.
La seguridad era inadecuada, porque
los administradores se negaron a ver que los humanos
son mucho más peligrosos
que los animales.

Una noche mientras me preparaba para salir
después de un chequeo veterinario de todos los flamencos,
fui acechada, emboscada y asaltada
por dos estudiantes borrachos de último año
que nunca se preocuparon por las consecuencias
porque sus apellidos estaban en los edificios

de todo el campus, y sus padres eran donantes ricos
cuya palabra en el tribunal tendría mucho más
peso
que la mía.

Pateé a uno de los atacantes
y mordí al otro, mientras las aves rosas
con alas recortadas
me animaban
y hacían tropezar
a mis perseguidores
mientras huía, escapando
justo a tiempo para evitar ser violada...

Al día siguiente, abandoné la escuela,
me mudé a casa y comencé mis estudios independientes.
Ahora soy voluntaria en el santuario de vida silvestre,
y canto para calmarme a mí misma y a otros
huérfanos heridos.

Las letras de mis canciones se reinventan cada día
porque necesito sentirme nueva y segura,
renacer en la soledad.

ZONA DE AMIGOS

Adán

Cuando Vida explica por qué les tiene miedo a los hombres,
decido aceptar cualquier
límite que necesite.

El amor platónico era suficiente para nosotros
cuando éramos demasiado pequeños para entender
que podría haber algo más, así que ahora
puede ser suficiente de nuevo
a menos que
algún día
sea ella
quien elija
tocarme.

ZONA DE CONFIANZA

Vida

Abuelita aún no sabe por qué estaba tan desesperada
por huir de esa escuela. No me dejaría sola
ni un momento si le contara sobre el intento
de ataque y mi milagroso escape, así que siempre finjo
que simplemente extrañaba vivir en casa.

Ahora, cuando le cuento a Adán de forma espontánea,
me doy cuenta de que, de alguna manera,
aunque se ha vuelto tan alto, fuerte y tranquilo,
para mí sigue siendo Catey
pequeño y delgado
tímido y divertido
un símbolo
de seguridad.

Juntos fuimos
héroes que rescataban criaturas.
Confiábamos plenamente el uno en el otro.

No es de extrañar que me sienta tan segura
de que puedo confiar en él de nuevo.

CASCADA

Vida

en sueños
me
lanzo
hacia
ti
allá
abajo
mientras
tú
te
mantienes
a
flote
listo
para
nadar
juntos
en sueños donde el amor ya es
una leyenda en la piscina profunda
de nuestro pasado o futuro
no hay forma de
diferenciarlo
en sueños.

BÉISBOL
Vida

Miro a Adán jugar y ganar,
tan contenta de que eligiera este juego familiar
en lugar del violento fútbol americano
con todas esas lesiones brutales.

El béisbol es el deporte favorito de Cuba
así que aquí, en Florida, pienso en los jonrones
como nostálgicas búsquedas de un lugar al que pertenecer.

Cada vez que el árbitro limpia el *home*
con su pequeño cepillo,
los pájaros salvajes
aletean
dentro
del aviario
de mi corazón.

los primeros animales que rescataron
fueron palomas, gallos y cabras
destinados a sacrificios
durante ceremonias
en los altares

se enojaron los santeros
pero ninguna de las maldiciones
lanzadas como venganza
llegó jamás
a los niños
que eran custodiados
por los espíritus de criaturas
con patas saltarinas y alas ondeantes
que elevaban a las mentes humanas
como aves nocturnas
liberadas
de una caverna
de bondad

EL PESO DE UNA ISLA

Adán

cuando recuerdo la infancia
me siento como Atlante en ese mito griego,
cargando montañas
sobre mis hombros
tanto el pasado
como el futuro
un bosque fragante
tan pesado que podría hundirme en las olas
mientras lucho por cruzar el feroz mar, cargando la isla
conmigo

PALABRAS HECHAS DE DESEOS

Adán

Juntos, leemos en voz alta a búhos, águilas, halcones
y un ibis escarlata tan delicado que parece que una brisa
podría romper sus alas, a pesar de que es una especie
famosa por su coraje durante los huracanes.

El zorro ha sido liberado de manera triunfal
así que un lince huérfano es ahora el centro
de atención de la veterinaria.

Vida y yo nos turnamos para elegir poemas
de *Soledad absoluta* de Dulce María Loynaz.
Hay uno que es mi favorito, sobre poetas
que encontrarían una forma de crear nuevas aves
si las reales de pronto desaparecieran.

A veces es difícil estar seguro
de que realmente estoy aquí, en lugar de estar
de vuelta en el monte, un niñito
de la mano de su amiga
mientras nuestras voces se elevan
y levitamos.

POESÍA PARA AVES HERIDAS

Vida

nuestras voces se elevan
como la luz del sol
y las nubes

las palabras
son la única forma de escapar
de la transparente pajarera de la vida

cualquier idioma puede volar
siempre que los sonidos plumosos
creen música

EL TIEMPO FLOTA

Adán

Vida fotografía todos mis partidos
y esta noche una de sus fotos
captó
la pelota voladora
justo
cuando
pasaba
una
libélula.

Mañana, enmarcada, parecerá
que la pelota de béisbol
tiene alas

mientras que allá abajo, corriendo, compitiendo, ganando,
pareceré un animal terrestre común y corriente
que de alguna manera hizo volar la esperanza.

MOMENTOS

Vida

Nunca me ha gustado cuando la gente dice
que las fotografías atrapan el tiempo.

El tiempo es salvaje.
Las fotos son más como reflejos
o ecos.

Me niego a pensar en los momentos
como bestias del zoológico
enjauladas
domadas.

AÑOS LUZ

Adán

Vida, cuando éramos pequeños
y de repente desapareciste,
plegué un barco de papel
y lo mandé a flotar
por el río
sobre las cataratas
para encontrarte...

sin darme cuenta
de lo lento que
viaja
la esperanza.

Ahora pareces
mucho más valiente que antes
incluso aunque frente a mis compañeros
y mis hermanas seas tranquila y tímida
a menos que sostengas una cámara mística
que libera la intrépida mezcla
de ondas y partículas de la luz, movimiento
mezclado con quietud.

LA BONDAD ES UNA FEROMONA

Vida

Adán, después de cada una de las lecciones de equitación
de tu hermanita, cuando Luci baila
desde la cintura hacia arriba,
aún sentada en el caballo, te encaramas en una valla
para unirte a su rumba
sin usar los pies, para que no se sienta sola
en su vida
    de limitaciones
        físicas.

Nunca he besado a un chico por voluntad propia,
pero tu gentileza es tan atractiva
que casi me pregunto
    si tarde o temprano
        mis labios podrían
            buscar los tuyos.

¿Y si dices que no?
Quedaré avergonzada, pero eres generoso
con los animales y los niños, así que probablemente no
me humilles
demasiado.

CUANDO LOS LABIOS FINALMENTE SE ENCUENTRAN

Vida

el tiempo gira
dentro
de nuestro beso

gira
se tuerce
mareado

ayer
mañana
por siempre

bailo
en los brazos
del ahora

DERIVA

Adán

cada beso aéreo
una estrella en el río mágico
reflejado

VUELO MIENTRAS ME ENAMORO

Vida y Adán

baile

aéreo

CÓMO ELEVARSE

Adán y Vida

entre la mente y el cuerpo
hay una capa de aire
y sueños despiertos

dedos
aliento
imaginación
entrelazados
ascendemos
                    dos vidas
                                    vuelan

los niños nunca estuvieron seguros
de si realmente podían volar

solo sabían
que la amistad
ayudaba a que sus mentes se elevaran
corazones
ligeros

SIN MIEDO

Vida

sin miedo
a los labios
ojos
manos

nunca imaginé
que podría recuperar
la calma
la confianza
tan cerca de cualquier chico u hombre
pero todo lo que se necesita es la bondad del amor
para hacer que el mundo entero
sea un poco menos aterrador

la valentía es como una de esas especies extintas
repentinamente redescubiertas
vivas

CIELO ABIERTO

Adán y Vida

los corazones siguen
a las mentes
las nubes
flotan
libres

y luego volvemos
a nuestra común y
milagrosa
vida
en la tierra

ABRAZO
Vida

del anhelo al sentido de pertenencia
la migración de mi corazón
un salto de gran altura

EL ÚNICO CHICO EN UN CLUB DE LECTURA FEMINISTA

Adán

Estoy rebosante de esperanza
por un rato a solas con Vida,
pero mis hermanas mayores insisten en que la lleve
a su apasionada discusión de *The Poet X*,
Brown Girl Dreaming y *A Time to Dance*.

Espero que Elizabeth Acevedo, Jacqueline Woodson
y Padma Venkatraman me perdonen
por no concentrarme del todo en cada palabra
de sus poderosos libros, mientras mi mente
sigue deslizándose de vuelta
a ese último beso
y al próximo...

LA COMPAÑÍA DE LAS CHICAS UNIVERSITARIAS

Vida

Estoy tan aliviada
de que las hermanas gemelas de Adán
me acepten, porque hace una década
cuando yo tenía siete y ellas diez
pensaban que era tan fastidiosa.

Todo lo que hacían era cuidar a la pequeña Luci
mientras yo estaba afuera con su hermano
libre para correr, saltar, trepar árboles
y rescatar criaturas.

Ahora Graciela y Libertad me hacen sentir
como casi-adulta, mientras discutimos sobre metáforas,
símiles y el origen de palabras como *amiga*
que proviene del latín *amicus*, el cual deriva
de *amare*,
amor.

EXPERIMENTAR

Adán

Mis hermanas universitarias no tienen novios.
Ambas dicen que quieren experimentar primero,
volar rápidamente a través de muchas relaciones
antes de decidir
dónde aterrizar.

No son tímidas al advertirle a Vida
que se tome su tiempo en elegir un camino para su futuro,
pero, por fortuna,
la pequeña Luci
no está de acuerdo: le dice a mi novia, una y otra vez,
que simplemente siga adelante
y me acepte
tal como soy.

INSPIRADOS POR EL CLUB FEMINISTA DE LECTURA

Vida

un círculo de chicas
y un chico, nuestro aliado
mientras leemos y debatimos
un sueño compartido
igualdad

Pienso en todos los animales que forman anillos
alrededor de sus crías para protegerlas de los depredadores.
Bueyes almizcleros, bisontes, caballos,
incluso elefantes y delfines
permanecen en círculo para defender el futuro.

Los hombres viejos que imaginan que sus reglas antiguas
podrían sobrevivir
no tienen idea de cuán fuertes
y valientes pueden ser las chicas
cuando nuestros círculos de lealtad al fin son
vistos
y nuestras voces encuentran un hogar
en el papel.

ETIMOLOGÍA
Vida

Las hermanas de Adán son tan amables conmigo
que siento que podría escucharlas todo el día
pero mientras leemos poemas
los versos nos llevan a buscar
los orígenes de ciertas palabras,
así que ahora estamos debatiendo *poeta*
que viene del griego para *creador*
un sinónimo de *artesano*, como si las rimas
fueran muebles que puedes construir
a partir de trozos de bosque.

Aprendemos que *amabilidad*
viene del latín *amabilitas*,
la cualidad de poder inspirar o merecer amor,
porque la mayoría de las personas suelen ser amables
con quienes las inspiran.

Luego buscamos *feminismo*
que resulta ser un término inventado
por un hombre, así que todos coincidimos en que tal vez
es hora de soñar con una nueva forma de decir
justicia
para las mujeres.

STEMinismo
Vida

Leemos biografías
de científicas pioneras
cuyos logros fueron usurpados
por colegas masculinos, maridos, padres,
hermanos…

Recuerdo
la soledad
de la vida sin Adán
que entiende tanto la igualdad
como la dendrofeminología,
el calendario de anillos de árboles
de la historia de las mujeres.
La adoración a la diosa fue prohibida
cuando los bosques antiguos eran retoños,
luego las sanadoras fueron acusadas de brujería,
y más tarde las atrevidas sufragistas fueron golpeadas
y ridiculizadas, hasta ahora, de alguna manera,
mientras esos mismos bosques antiguos
están muriendo, los derechos de las mujeres
son revocados, las jóvenes son castigadas
por el simple crimen
de la esperanza.

EL FLUJO DEL TIEMPO

Adán y Vida

Más tarde, cuando estamos solos
hablamos de cada aspecto
de cada idea
que llena
el aire
entre
        nosotros
equilibrado
        sobre
        amor
        amistad
        libertad
igualdad
        poesía
amabilidad
        pasado
y futuro
        flotando hacia
                        el ahora

VALENTÍA

Vida

Me estoy acostumbrando
a pensar en nosotros como un par de individuos
casi adultos, en lugar de niños
que nadaban desnudos
tan libres
debajo de nuestra
familiar
cascada.

Liberarse del miedo
es un alivio tan inesperado
que es fácil
imaginar
volver
a nadar desnudos
algún día.

SUPERSTICIOSO

Adán

El amor se siente tan emocionante
como impredecible, pero los jugadores de béisbol
estamos acostumbrados a la posibilidad de perder
así que creamos rituales: nunca me corto el cabello
durante la temporada de béisbol,
por si acaso la vieja historia
de Sansón resulta ser un poco verdad.

Ahora, como si creara una nueva constelación en el cielo,
dibujo el nombre de Vida sobre mi corazón,
como un tatuaje.

Cada vez que la veo en las gradas, vistiendo
los colores de mi equipo, dorado y azul,
me deja sin aliento
cómo se ve como el sol y el cielo,
calidez y luz, esperanza para el vuelo
de un jonrón lunar
largo
y
alto.

VUELO NOCTURNO

Vida

Cuando Adán está en tercera base
salta para atrapar la pelota que se eleva.

Al día siguiente, enmarco una silueta
que muestra
sus
dedos
cerrados alrededor de una esfera.

Pelota, luna o estrella
cualquiera que vea esta imagen
se sentirá libre de elegir
su propia
creencia.

cuando el chico por fin se dio cuenta
de que la chica se había ido de verdad
fabricó una pelota bien compacta
de cuerda mojada
y la golpeó con un palo,
furioso
poderoso

pero la pelota se elevó y se perdió
en una inundación fangosa
y el palo se deslizó por la cascada
pronto todo se perdió
en el desastre climático y la enfermedad,
hasta que al final
su propia familia se unió a las caravanas de personas
obligadas a abandonar las tierras ancestrales

así que en su nuevo hogar al otro lado de un mar de dolor
el chico se unió a un equipo y mandó cada pelota
a volar, hasta que los entrenadores
comenzaron a llamarlo
un as con futuro que podría llegar a ser profesional
y recibir millones por firmar un contrato
pero el dinero nunca fue el objetivo del chico
todo lo que necesitaba era libertad
para soñar

MASCULINIDADES

Vida

En 2022, un fotógrafo cubano llamado Monik Molinet
publicó fotos de varios hombres
con flores detrás de las orejas
como promesa de no violencia
hacia las mujeres.

Cinco millones de personas reaccionaron de inmediato,
casi la mitad de toda la población de la isla,
pero para mí disgusto
muchos de ellos llamaron a las pacíficas fotos de Molinet
un ataque contra la dignidad
de los hombres.

MASCULINIDADES

Adán

Vida me muestra esas fotos de tipos musculosos
con una sola flor o un ramo entero
colocado detrás de una oreja... blancas, rojas, rosadas,
o flores moradas sobre barbas tupidas, barbas incipientes,
bigotes, ceños fruncidos, sonrisas alegres,
cada hombre dedicado a la delicadeza de los pétalos
como una promesa de amabilidad
que nos hace fuertes y
no débiles.

CASI DIECIOCHO

Adán

Mañana se sentirá extraño de pronto
ser considerado un adulto.

La pasé mal cuando llegamos de Cuba.
Tuve que aprender inglés, así que en la escuela
permanecía en silencio
mientras golpear una pelota con un bate
se convertía
en
mi
propio
lenguaje
de rabia.

Hoy llegó mi carta de aceptación… Universidad de Miami,
los Huracanes, una beca completa de béisbol,
especialidad en Terapia Deportiva Pediátrica,
para poder ayudar a niños como mi hermana
que no necesita una silla de ruedas cuando hace ejercicio
para fortalecer tanto su valentía como sus músculos.
Si llega una oferta de un equipo profesional, no sé
si la aceptaré o me quedaré con este plan universitario.
¿Por qué el futuro tiene que ser tan confuso?

CARTA DE ADMISIÓN
Vida

Universidad Internacional de Florida
doble especialidad, Fotografía y Zoología
hasta que decida si tengo la paciencia suficiente
para la escuela de posgrado en Biología de la Vida Silvestre
o Medicina Veterinaria.
De cualquier manera
¡estoy lista
para celebrar!

Mi primera cita real con Adán será una visita
a una antigua tienda de dulces, para que nuestros recuerdos
puedan desbordarse con el aroma y el sabor de la infancia.

La emoción da vueltas en mi mente
como una piedra en el agua, los bordes pulidos
por las olas
de la orilla
de una isla.

RECUERDOS DEL BOSQUE DE CHOCOLATE

Vida y Adán

Nuestras familias trabajaron juntas en una granja colectiva
en el monte, donde cortaban grandes mazorcas
de cacao maduras
de los árboles.

Con machetes, los adultos partían las mazorcas color sol,
quitaban las semillas pulposas, las disponían
sobre hojas de plátano verde en una caja de fermentación,
les daban vuelta una y otra vez durante varios días
y luego las secaban en láminas, espaciadas
uniformemente
para que la luz llegara a cada lado, sin grumos
donde pudiera crecer moho
y arruinar el sabor.

Tostar, limpiar, moler, probar: ¡amargo!
Hervir con azúcar, miel, café o especias.
Nuestros padres aprendieron formas elegantes de afinar,
temperar, conchar y saborear el chocolate
hasta que cumpliera con los exigentes estándares
de los inversores suizos y belgas
que prometían comercializar

nuestras deliciosas trufas de chocolate
en el extranjero, pero eso fue antes de que
la sequía y las inundaciones
asesinaran a los árboles
dejando hambrientos a los pájaros
y a las criaturas,
así como
a los refugiados
humanos.

Ahora
la única manera
de saborear y oler
nuestra infancia boscosa
es dentro de esta tienda de dulces
con los ojos
cerrados.

ABIERTO
Vida

En el bosque de chocolate
todos creían que el cacao
es un abrecorazones
capaz de estimular
el flujo sanguíneo para ayudarnos a aprender,
comprender, prosperar
y crecer.

No sé si esas viejas leyendas son ciertas,
pero comienzo a sentir que mi propio
corazón rojo ardiente
ya se está
abriendo
como una carta
en una botella
después de un largo
viaje
a través
del
mar
azul.

EDAD

Adán

Rememoramos mientras probamos el chocolate
ojos
cerrados
manos
entrelazadas
recuerdos
abiertos.

La noche es larga
fragante
dulce.

No necesitamos apresurarnos
en ninguna decisión
más allá
de besarnos.

Mañana cumpliré dieciocho.
Los dilemas de adulto llegarán pronto.

CELEBRACIÓN

Vida

En el cumpleaños dieciocho de Adán
Luci, Graciela y Libertad me piden que organice
una fiesta sorpresa para su hermano, en mi casa.

Estoy nerviosa porque abuelita
acaba de llegar a casa de Borneo,
donde fotografió a orangutanes huérfanos
en un paisaje devastado
por la deforestación...

pero se ha enjugado las lágrimas,
y ahora está emocionada
por conocer a mi nuevo novio.

Las hermanas de Adán me arreglan el cabello,
me pintan las uñas,
y me convencen de ponerme un vestido azul medianoche
que revela demasiado escote.

¿Me odiarán sus padres y abuelos
si la primera vez que los conozco
me veo
sexi?

SUEÑOS DE ADULTEZ

Vida

en solo unas semanas
yo también cumpliré dieciocho,
una edad de grandes elecciones
con la libertad para tomar
enormes decisiones, tal vez
rompa el viejo marco
y busque nuevas formas de
escapar

SOBRIO A LOS DIECIOCHO

Adán

Soy cauteloso de cualquier situación
que ponga a papi y a abuelo
en la misma habitación que yo
mientras están borrachos.

Me coloco un hibisco color coral
detrás de la oreja, como gesto
de masculinidad sin miedo.

Al principio todo parece cómodo,
mi familia, el entrenador y mis compañeros de equipo
se ríen de chistes en espanglish
y se burlan de mí
por lucir floral.

Vida no se burla de mí.
Desearía que estuviéramos solos.

En su lugar, tenemos que seguir charlando
con los amigos del otro, fingiendo
que nos satisfacen las conversaciones
en un momento en el que preferiría estar
contemplando las estrellas

o buscando objetos en la playa
cualquier cosa natural
y tranquila
al aire libre
con la chica más hermosa
de todo el planeta florido.

BAILE

Vida

relajada en tus brazos
es fácil imaginar
un mundo solo nuestro

cuando los niños bailaban en el aire
percibían una sólida tierra allá abajo

tanto su veloz escape aéreo
como el lento regreso a la tierra
eran maravillosos...

pero las maravillas desaparecen
en presencia de la duda
así que nunca cuestionaron
la magia
la fe
o el vuelo

ALARMADO

Adán

Abuelo comienza a deambular
de habitación en habitación, con el ceño fruncido
mientras reconoce la firma
en las fotografías de Rita.

Sus fotos son impresionantes.
Niñas en México corren carreras con faldas y sandalias,
un niño en un acantilado en Nepal cosecha miel silvestre,
pescadores, festines, disturbios, hambre, un granjero
a caballo, las ruinas de nuestras casas
en Cuba, árboles de cacao muertos,
la cascada
seca.

Una avoceta con dedos largos
camina sobre la superficie de un estanque, milagrosa,
pero la expresión horrorizada de mi abuelo
me advierte que al igual que tantos otros
cubanos en Miami, nunca aceptará
a ningún exiliado que regrese a la isla
después de huir.

EXPUESTA

Vida

No pensé en el montón de nuevas
fotos sin enmarcar del viaje más reciente
de Rita de incógnito a Cuba, cuando se escabulló
con una visa de turista, a pesar de que
en realidad, es una disidente exiliada,
su periodismo censurado.

Las fotos muestran filas de personas que se extienden
por cuadras, y los rostros de quienes al fin alcanzan
su turno, solo para descubrir que todo el pan racionado
del día se ha acabado.

Hay fotos de escuelas en ruinas
y hospitales abandonados junto a nuevos hoteles
con *spas* de lujo y clínicas médicas para turistas.

Si hubiera advertido a Adán,
habríamos podido ocultar esta evidencia
de los viajes de investigación de mi abuela,
con todas sus retorcidas
formas de ser percibida en Florida, donde tantos exiliados
odian a cualquiera que regrese a la isla,
porque asumen

que todos los viajeros gastan dinero que beneficia
a la dictadura corrupta.

Pero conozco a mi abuelita,
se queda con amigos y familiares
a los que nunca he conocido,
en lugar de pagar hoteles propiedad
del Gobierno, y no puedo evitar sentirme agradecida
porque si ella no siguiera visitando la isla,
nunca habría podido
rescatarme
del borde
de la muerte.

Ahora, mientras el abuelo de Adán mira con furia
las fotos de nuestro lugar de nacimiento,
su expresión de *shock* se transforma
en una rabia ardiente
que solo puedo describir
como asesina.

TERROR

Adán

El momento
en que nuestros abuelos
se reconocen
es como una alerta de huracán
siniestro
oscuro
sofocante.

La respiración de todos en esta habitación
de repente se siente vulnerable
a una caída rápida
de
aire.

¿Pueden las personas realmente morir
de terror?

ALBOROTO

Adán

Abuelo comienza a gritar,
llama puta a Rita, y luego
para mi horror, la empuja
como si fuera un hombre
en un bar
borracho
y tambaleante
como él.

No puedo dejar que empuje a una anciana
así que le sujeto las muñecas, sabiendo que arriesgo
convertirme en el blanco de sus puños.

Papi, abuela, mami y mis hermanas
forman un círculo a nuestro alrededor, obligándome
a conducir a mi abuelo hacia la puerta
afuera
lejos
del
desastre.

SHOCK
Vida

Todos se van.
Quedamos solo Rita y yo
rodeadas de sus fotos
y mis olas tangibles
de incredulidad.

¿Cómo puede alguien atacar a alguien
solo por viajar de regreso a nuestra patria?

Debe haber otra capa de odio
algún rencor que se llevó
a través del mar
hace mucho tiempo.

Me siento como si estuviera parada
en un puente que se derrumba
incapaz de llegar   a ninguna de las orillas.

LÍNEAS DIVISORIAS

Adán

Hemos cruzado
a un territorio hostil
con fronteras imaginarias

un horizonte
heredado
de dolor

nadie en mi familia habla
sobre nada de lo que sucedió
antes de mi nacimiento

así que no hay forma de averiguar
por qué abuelo detesta
tan profundamente
a la abuela de mi novia.

En casa, toda la familia guarda silencio
como si estuviéramos de luto en un funeral
que no tiene nada que ver con la muerte.

CONFESIÓN
Vida

Temblando
de emoción
Rita se sienta a mi lado
me toma las manos
y me cuenta la historia
de su juventud en el monte
donde escribía artículos
para un boletín prohibido
que revelaba todos los secretos
de la corrupción gubernamental.

Los suministros robados de los hospitales
se desviaban a los hoteles para turistas.

Las epidemias de dengue se mantenían en secreto
para evitar asustar a los extranjeros.

Los médicos que rompían el silencio
eran detenidos y perdían sus licencias.

Los vecinos que sorprendían leyendo
la información prohibida
eran detenidos con cargos

de poseer propaganda del enemigo
a pesar de que los hechos eran completamente ciertos.

El abuelo de Adán fue uno de los lectores
castigados por anhelar noticias honestas.

Rita también fue detenida, pero después de un año
la liberaron y la exiliaron a España
donde se volvió famosa.

Luego, en Miami, encontró un público leal
para fotos dramáticas que cuentan historias complejas
sin palabras.

Ella no espera que nadie la perdone
por ese trabajo inicial, los artículos que resultaron
en sufrimiento, en lugar de reforma gubernamental.

Promete que intentará disculparse
si alguna vez tiene la oportunidad de hablar
y ser escuchada.

NUNCA SUPE...

Adán

que abuelo fue enviado a un campo de trabajo forzado
por el delito de leer un periódico ilegal,
o que todavía culpa a Rita después de treinta años,
y no habría podido adivinar
que mi abuelo ahora me ordenara
mantenerme alejado de Vida
como si yo fuera un Romeo moderno
atrapado en el medio
de alguna antigua rivalidad
que no tiene nada que ver
con Julieta
o el amor.

los niños
a menudo notaban
rayos de odio
que destellaban
de un lado a otro
entre los adultos

pero las criaturas
necesitan héroes
así que los niños
ignoraron a los mayores
mientras inventaban su propia
isla serena de amabilidad
dentro del
turbulento
archipiélago
de furia
y miedo
de los adultos

LEGADO
Adán

Al final de esa catastrófica fiesta sorpresa
Vida se veía tan triste que su vestido azul medianoche
y sus ojos verde bosque
la hacían parecer tan sola
como una niña en una historia de huérfanos.

Ahora soy oficialmente un adulto
pero he heredado el caos.

Todo parece tan confuso
que paso la mañana siguiente solo
en una jaula de bateo
golpeando
la pelota
con toda
mi fuerza.

Debería haber intentado ver a Vida antes
porque ahora, cuando vuelvo a casa a cambiarme
de ropa, descubro otra
catástrofe.

EMERGENCIA

Adán

El puño de abuelo
se aferra a su pecho.

Sirenas.
Ambulancia.
Angustia.

No se permiten teléfonos en el ala de cardiología
del hospital, así que no puedo llamar a Vida
ni revisar los mensajes.

La unidad de cuidados intensivos solo permite
un visitante a la vez.
Espero mi turno, después de abuela, papi, mami
y mis tres hermanas, pero para entonces
mi abuelo está despierto
y se niega a verme a menos que le prometa
terminar con la única chica que he amado.

Me siento como un pájaro
en una jaula
torturado.

DEJAR EN VISTO

Vida

las piezas del
rompecabezas
se desmoronan
mientras lucho por encontrar la esperanza perdida

tú flotas
fuera de mi alcance
mientras me siento
como
un tren
camino
a
ninguna parte
zigzags
curvas pronunciadas
picos volcánicos
túneles
oscuridad

en algún lugar lejos
el amor deambula abandonado

VERDAD Y DESESPERACIÓN

Adán

en casa me esfuerzo por flotar
por encima de todas las discusiones de adultos,
pero no hay forma de elevar
mi imaginación

solo el amor es lo suficientemente fuerte
como para levitar

y no he hablado con Vida… sé
que soy una bestia si no la llamo, pero tan pronto
después de la cirugía a corazón abierto de abuelo
quién sabe lo que le pasaría
si se enfurece

de cualquier manera
soy un bestia

DESOLADA
Vida

sola
sola
sola

apenas consciente
de sentirme viva

oh, cómo deseo visitar
un refugio de mascotas, adoptar un gatito o un cachorro
para compensar la pérdida del amor,
una ilusión que se escabulló
tan de repente

pero pronto llegará el verano
tendré un trabajo y nadie estará en casa
así que mi perro o gato llorón estaría

solo
solo
solo

HOMBRES CASIFEMINISTAS Y MUJERES SILENCIADAS

Vida

Una flor
colgada de tu oreja
no será suficiente para ayudarte a escuchar
y oír todas las cosas que no sabré
cómo decir si alguna vez confío lo suficiente
en ti como para hablar.

PERDIDO Y JAMÁS ENCONTRADO
Adán

Si *amor* y *esperanza* fueran sinónimos.
El aroma de una flor podría convertirse en verdad.

Si tan solo no tuviera que elegir
entre mis ancestros
y tú.

DE LUZ A LUZ

Vida

Necesito un manual de instrucciones
para vivir en un mundo
donde los hombres viejos y enojados
todavía empujan a las mujeres y las llaman putas,
un mundo donde los jóvenes dicen que están enamorados
y luego desaparecen.

Así que leo *Deberíamos ser todos feministas*
de Chimamanda Ngozi Adichie, y luego encuentro
un poema de Reina María Rodríguez,
quien describe las islas
como mundos imaginarios dentro de nosotros mismos,
y un verso de Excilia Saldaña,
que describe las alas como islas
y las islas como alas.

Cuando intento darles sentido a mis propios sentimientos
la confusión me lleva de vuelta al lente de una cámara
donde capto el resplandor radiante de las horas doradas
que absorben las sombras del sol
cada tarde, como si la Tierra solo viera
su propia belleza
en el crepúsculo.

BAILAR CON ANIMALES

Vida

tan sola
mientras Rita viaja
y Adán me evita
leo y grito con voz aullante
a búhos, mochuelos y currucas
en el sereno santuario de vida silvestre
donde bailo
con un lince huérfano
mientras ambos luchamos
por averiguar
dónde
pertenecemos
en la desafiante jerarquía de la vida
de reino, phylum, clase, orden,
familia, género, especie,
voz,
ritmo,
canto

HOY TODOS MIS VERSOS SON CORTOS

Vida

islas
dentro de islas
sin palabras

las únicas criaturas
que los niños nunca pudieron rescatar
fueron los gallos de pelea
llevados como adornos
en los hombros
de los apostadores

los jabalíes salvajes
cazados para comer

los perros de azotea
encadenados para vigilar
sin escalera a la vista

el ganado de propiedad estatal
pastoreado por soldados

los caballos alquilados a los turistas
constantemente acompañados por guías

y cientos de especies en peligro
mantenidas cautivas en un zoológico de la ciudad,
donde las jaulas
eran su única oportunidad de sobrevivir
unos pocos días o años más

PALINDROMO DEL AMOR PERDIDO

Vida

Escribo palabras, levanto mi cámara,
transformo sílabas en imágenes:

isla	bajo	mar	bajo	isla
amor	sobre	nubes	sobre	amor
pasado	oculto	ahora	oculto	pasado

SÍNDROME DE CORAZÓN ROTO

Vida

La veterinaria del santuario de vida silvestre me dice
que cada vez que un perro salvaje africano
se separa de su manada
muere de soledad, así que los veterinarios del zoológico
traen al menos a dos compañeros cercanos
a la clínica, como visitantes en un hospital
esperando pacientemente milagros.

Extraño el club de lectura.
Ahora, en lugar de amigos,
tengo fotos y poemas,
búhos, halcones y linces,
junto con mis propias
cambiantes
canciones espontáneas
cada letra como una flecha
en el aire salvaje, atravesando
mi propia
respiración
desesperada.

REALIDAD

Adán

Me siento adormecido por la decisión apresurada
de dejar a mi novia, al menos hasta que abuelo
se recupere de la cirugía a corazón abierto.

Le partieron el pecho.
Se sumergieron más allá de los huesos.
Excavaron el corazón.

Pero Luci dice que, si quiero ser un feminista genuino,
debo escuchar a todas mis hermanas, que ven a Rita
como una heroína, arriesgando su vida cada vez
que viaja para fotografiar la injusticia.

En teoría, estoy de acuerdo, pero en la práctica
nunca podré perdonarme a mí mismo
si mi abuelo muere de rabia
simplemente porque me negué a obedecer
su advertencia de mantenerme alejado
del amor.

OFERTA DE TRABAJO

Adán

¡Olvidé que había aplicado!
Abuelo está mejor ahora, pero no puede trabajar,
así que está en casa todo el tiempo, y no veo la hora
de escapar, así que tan pronto como acepte el trabajo
en el Campamento Zoológico, todo se sentirá
un poco más esperanzador.
La próxima semana es la graduación,
luego este trabajo y en el otoño,
ya sea la universidad
o un equipo profesional...

Tomo mi teléfono,
deseando poder compartir esta noticia
con Vida, pero sé que ella no me creería,
incluso si me disculpara
por dejar en visto
todas sus llamadas
y mensajes.

No hay nada que hacer más que celebrar solo
en las jaulas de bateo, fingiendo que ella todavía
me ama.

LA MEMORIA DEL AMOR

Vida

La memoria del amor
es una casa vacía y un corazón hueco
pero no para siempre, porque
las mentes son islas aladas
así que intento
hacer que mis pensamientos vuelen

pero se necesitan dos mentes para levitar
y como aves migratorias
mis deseos invisibles
siguen regresando
a este nido
vacío.

GRADUACIÓN

Adán

birrete
toga
discursos

diploma
compañeros de equipo
entrenador

padres
hermanas
abuelos

si solo me sintiera tan festivo
como todos los demás esperan

todo lo que tengo de ti es un texto
que dice que no escucharás
mi disculpa
todavía no

DIPLOMA DE SECUNDARIA

Vida

No hay ceremonia de graduación
solo una hoja de papel blanco
salpicada de tinta negra
esperando por mí
en el buzón.

Mientras tanto, en todo el santuario de vida silvestre
pájaros, mamíferos y reptiles me felicitan
escuchando mis nuevas canciones sin palabras, marcadas
con el ritmo de pies y alas
mientras bailo,
nunca sola,
siempre acompañada
por otros sobrevivientes, criaturas heridas
que entienden instintivamente el movimiento
y la música.

la voz de la chica
era una fuerza poderosa
que podía curar el miedo
de cualquier criatura
tímida

una sola canción
bastaba para levantar el ánimo
de un buey o un caballo cansados,
como si las letras rimadas de su canto
fueran plumas

LLEGADA
Adán

Mi primer día de trabajo de verano
es un alivio, y aunque solo será
entrenamiento toda la semana, me siento orgulloso
del uniforme un poco raro: gorra del Campamento
Zoológico,
camisa verde brillante, *shorts* caqui, botas de excursión
y una etiqueta de color rosa flamenco con mi nombre
que dice *Adán Palmero*
consejero asistente.

Me gustaría que Luci pudiera ser una de las niñas
en este campamento, pero necesita la escuela de verano
para mejorar sus calificaciones.

He intentado ver a Vida mil veces
pero ella sigue negándose a abrir su puerta,
así que ahora, cuando la veo justo dentro
de la entrada del zoológico, me siento
como si ella pudiera ser imaginaria
y esta fuera solo mi propia
visión transportada por el viento.

GRACIA

Vida

Mi etiqueta dice *Vida Serena Sierra*
consejera asistente del Campamento Zoológico.

Espero que sea lo suficientemente oficial para permitirme
cruzar esta barrera baja y entrar en la danza
de cincuenta flamencos
mientras marchan
en una procesión
rítmica
patas
alas
picos
giran
se arremolinan
hacen piruetas
dan vueltas
en sincronía
como si hubieran ensayado
nuestro *ballet*
sin alas.

EL CARIÑO DE LOS FLAMENCOS

Vida

Sus alas están recortadas.
Sin escape.
Así que abrazan mi amistad
como si yo fuera un familiar cuidador de animales
con quien bailan todos los días.

Me alegro de que este sea un criadero
lleno de enormes hábitats naturales
en lugar de uno de esos lugares para turistas
con miles de especies
atrapadas en jaulas pequeñas.

Los flamencos del Caribe aún no están en peligro
pero viven en las orillas,
así que el aumento del nivel del mar
con el tiempo amenazará a sus colonias.
Mientras tanto
al menos me tienen a mí
para amarlos.

CUNA
Vida

Observo
a un papá flamenco
mientras le canta a un solo
huevo grande, metido
en un nido con forma de volcán
hecho de lodo arenoso y desmoronado
del color de un atardecer sombrío.

Los humanos deberían aprender de los pájaros que saben
que las voces de padres y madres
pueden oírse con tanta claridad
desde el mundo secreto
de un frágil
cascarón.

Ambos padres alimentan a los polluelos
con leche de flamenco,
una mezcla cremosa de su propia comida, transformada
en un batido rosado, luego regurgitada
y compartida.

EL OLOR ES UN RECUERDO

Vida

Los flamencos del Caribe
son criaturas isleñas fuertes:
miden un metro y medio de alto con alas
de un metro y medio.

Pueden volar a cincuenta y cinco kilómetros por hora
                    cientos de kilómetros por día
                              a menos que vivan en un zoológico
con plumas recortadas
o incluso amputadas.

Los picos filtran agua y lodo a través de peinetas filamentosas
que tamizan crustáceos, insectos y algas comestibles,
el carotenoide un pigmento que vuelve a las aves
de color rosa.

Su nido huele a lodo, este aroma de petricor
de tierra mojada después de la lluvia,
un aroma que me recuerda a Cuba
pero también a la fiebre del dengue.
Qué bueno que recordé
untar mis brazos, piernas y cara
con el repelente de insectos
de olor repugnante.

INCAPAZ DE VOLAR

Adán

Te ves diferente: el cabello trenzado
y una expresión de enojo claramente dirigida a mí
mientras te alejas rápido, y los pájaros rosas
se dispersan por doquier.

Si tan solo te quedaras y escucharas
mis disculpas interminables,
las palabras tan pequeñas
para un error de tal magnitud.

No puedo culparte.
Si yo fuera a quien dejaron en visto
también huiría.

ORIENTACIÓN LABORAL EN EL ZOOLÓGICO

Vida

¡No puedo creer
que termináramos trabajando juntos!
En la sala donde los consejeros se reúnen
para el entrenamiento,
me siento lo más lejos posible de ti.
Mis venas palpitan como cables eléctricos.
Mi piel se siente reptiliana, tan apretada y cruda
que podría desprenderse, dejándome sin protección
mientras mi cráneo se parte para liberar una inundación
de tristeza o rabia, a estas alturas es imposible
distinguir de cuál se trata.

Tienes el cabello corto.
La temporada de béisbol debe de haber terminado.
Me gustaba más cuando estaba desaliñado
y tú creías
en la magia
de la suerte.

Tal vez trabajar con animales
nos ayude a ambos a entender
los extraños cerebros de los humanos.

PREPARACIÓN

Adán

Tú te niegas a hacer contacto visual, pero solo estar
en la misma habitación me hace luchar
para concentrarme en las instrucciones
para emergencias.

Si alguien cae a la jaula de un depredador...
Si un niño intenta robar una pluma de un ave rara...
Si alguien se enferma...
Si hay un incendio...
Si se acerca un huracán...
Peleas entre criaturas macho rivales...
Peleas entre turistas o estudiantes...
Comportamiento, lenguaje, gestos inapropiados...
¿Padres agresivos?
¿Amenazas de bomba?
¿Tiradores activos?
No lo entiendo.
¿Por qué alguien vendría a un zoológico
y tendría un comportamiento más feroz que los tigres?

PLAN DE DESASTRE

Vida

Tenemos que practicar nuestra
preparación para huracanes.
Me parece surrealista,
pero los zoológicos rara vez se evacuan
porque mover a los animales es tan traumático
que el riesgo de falla cardíaca es mayor
que el peligro de las lluvias y el viento,
así que cuando se acerca una tormenta,
se quitarán los letreros y las lonas,
se prepararán las comidas con anticipación,
suministros de limpieza, generadores,
combustible, camas, mantas para un equipo
de valientes cuidadores de zoológicos
que están dispuestos
a quedarse
y arriesgarse
a morir.

NOSTÁLGICA Y ESPERANZADA

Vida

Después de toda la extraña información
que intento absorber durante el entrenamiento
llega una experiencia dolorosa
que no había imaginado.

Los niños se acercan a mí tomados de la mano
de sus padres, y de repente me siento recién
huérfana
una y otra
vez
y
otra vez.

Al menos la consejera principal es mayor, tranquila
y segura, con su acento haitiano musical
mientras me dice que su nombre es Islande.

Juntas, proclama,
les mostraremos a todos estos niños de ciudad
cómo amar la naturaleza.

todos los árboles de cacao estaban muriendo
por un hongo de la roya de las hojas que se extendía
como un incendio, buitres circulando sobre ellos
esperando devorar a cualquier criatura
que se muriera de hambre

pero cada caballo o loro
que el chico rescataba de extraños
era alimentado y abrazado por la chica
cuyos padres jóvenes se regocijaban
junto con los niños

la pobreza nunca era suficiente
para hacer que la supervivencia
pareciera imposible

los animales agradecidos
traían suficiente belleza
para hacer cada momento esperanzador

JÓVENES NATURALISTAS

Adán

Adolescentes.
De trece a dieciséis años.
Me alegro de haber terminado como asistente
en lugar de consejero principal, porque este trabajo
no será fácil: los campistas ya están
absortos en sus teléfonos, en lugar de escuchar
o hacer preguntas.

Fisiología, comportamiento animal, biodiversidad,
hay tanto que aprender para poder enseñar.

Mi jefe es un universitario llamado Chet
que mira a Vida y la saluda con la cabeza,
pero ella lo ignora, así que él se burla y me dice
que la conocía cuando ambos eran Zooies
en un internado.

Ya no puedo leer sus expresiones sutiles como solía hacer
cuando éramos más unidos, así que es imposible saber
si nos odia a ambos o ¿solo me detesta a mí?

MÚSICA DEL ZOOLÓGICO

Vida

Voces de cada hábitat,
cantos en los idiomas de los animales,
olores de lejanos bosques,
recuerdos de correr para escapar
de un ataque de humanos, las criaturas
más peligrosas del mundo, y ahora
tengo que trabajar tan cerca de esos dos hombres,
el tipo que acaba de romperme el corazón,
y un testigo del delito
que casi me destruye...

pero la música de las voces del zoológico aumenta
y resuena
años luz entre la tímida chica
que solía ser
y esta mujer que emerge
con una ráfaga de furia.

Si alguno de ellos intenta tocarme,
¡aullaré, chillaré, gritaré!

NOSOTRAS

Vida

Con Chet frente a mí
siento como si me estuvieran cazando de nuevo,
así que al final decido pedir orientación
a cada mujer adulta que conozco.
Rita, Graciela, Libertad, incluso Islande
a pesar de ser mi jefa.
Todas dicen lo mismo.
Necesitamos un buen abogado.
Les diremos a Recursos Humanos y al internado
que Chet se negó a admitir que vio exactamente
lo que sucedió, y por eso yo no me atreví
a presentar cargos, porque se habría convertido en
la palabra de él contra la mía, en lugar del
movimiento *me too*.

La forma en que las mujeres adultas dicen «nosotras»
en lugar de «tú»
me ayuda a sentirme valiente y fuerte.
Ninguna chica debería tener que gritar
sobre la injusticia
sola.

AGILIDAD

Adán

No sé lo que está pasando
y Vida no me habla,
así que me concentro en aprender
a enseñar, usando a los animales
embajadores entrenados
para nuestras primeras lecciones.

Chet me muestra cómo lanzar un señuelo
muy por encima de la cabeza de un serval,
un gato salvaje africano que salta
verticalmente
para atrapar
una presa
falsa
como si fuera un pájaro real
volando en el brillante cielo.

Los jugadores de béisbol podrían aprender de los servales
y guepardos, y de cada una de las demás veloces
especies felinas.

LA CARRERA DEL GUEPARDO

Vida

Todos los documentos han sido presentados
por un abogado que contrató Rita.

Ahora es un juego de paciencia
mientras ayudo a Islande a liberar
un perro Ridgeback de Rodesia
entrenado para correr detrás de un conejo falso
jalado con una cuerda.

Tan pronto como termine la carrera del perro,
un guepardo seguirá con una velocidad asombrosa
y luego las dos ágiles criaturas se relajarán
y jugarán juntas.

Ambos eran huérfanos
criados como hermanos.

Mientras los observamos, los niños y yo
arrullamos como palomas, conmovidos por la visión
de una amistad híbrida tan inusual.

ZOOCOSIS

Adán

Chet y yo enseñamos a los campistas cómo crear
actividades de enriquecimiento
para ayudar a los animales
que se aburren
en recintos pequeños.

Piñatas llenas de fruta para los elefantes.
Rompecabezas de hueso y sangre para los leones.
Peces dentro de cubos de hielo para un oso polar
cuyo recinto es exactamente una millonésima
parte del tamaño de su territorio natural.

A veces me siento tan atrapado
como estas criaturas, como si nunca hubiese
estado en mi verdadero
hábitat emocional.

Me siento mucho más pequeño
de lo que era cuando Vida
me amaba.

JUEGO DE PACIENCIA
Vida

Mientras espero que la vida al fin tenga sentido
ayudo a Islande a enseñar a niños pequeños a acariciar
un erizo, de la cabeza a la cola, nunca al revés.

Ofrecemos golosinas a un rinoceronte joven
pasando una zanahoria a través de una valla resistente,
y alimentamos a las jirafas con lechuga romana
parados en una plataforma elevada
mientras admiramos sus largas lenguas azules
y enormes ojos.

Creamos una torta de cumpleaños de hojas
para un orangután de diez años, y tartas de carne
para un tigre siberiano de cinco años, y no le digo
a nadie que la próxima semana cumpliré dieciocho
porque lo último que necesito ahora mismo
es que Adán sea dulce conmigo
solo por
un
día.

cuando la chica cumplió siete años
lo único que quería hacer era flotar
entre deseos
mientras esperaba
que el chico
le trajera
una torta de fragante
chocolate casero
cada semilla de cacao molida
y endulzada tan fácilmente
en un bosque donde la cercanía
aún no se había convertido en
un sueño
imposible

SECRETO
Adán

En casa
mis hermanas
susurran.

En el trabajo
Islande mira con furia
a Chet.

Si supiera lo que está pasando,
tal vez podría tener una opinión,
pero cuando todos los demás guardan secretos
todo lo que puedo hacer
es revelar
el mío.

Necesito disculparme de verdad, explicar y esperar que Vida
al final me perdone por obedecer a abuelo
cuando me ordenó
que la dejara.

VALLA DE ABEJAS

Adán

No sé por qué sigo procrastinando
en lugar de hablar con Vida y dejar que ella
me ataque con su enojo.

Enseñar a otros adolescentes se siente intimidante
y a la vez valioso.

Aprendemos sobre el miedo que sienten los elefantes
en presencia de pequeñas abejas.

Los panales son una barrera más fuerte que
una valla ciclónica
o que la electricidad.

Tal vez por eso necesito separarme
de la violencia familiar.

Solo alas diminutas en el aire, zumbando
para advertirles a papi y a abuelo que más les vale no
cruzar a mi territorio personal
de paz.

CANCIÓN DE CAMPANA

Vida

¡Enseñar a los niños es un laberinto
de alegría y asombro!

Ayudamos a entrenar a una tortuga gigante
para que siga el rastro
hecho por el tintineo de una campanilla
mientras se agita una tentadora fiesta
de hojas comestibles
que conducen a la seguridad dentro de una casa
de concreto y acero para protegerse de las tormentas
en esta península
de huracanes.

También entrenamos a otros animales.
Las uvas pasas son la mejor forma de tentar y guiar
a los ualabíes, a los lémures les encantan las uvas frescas,
los gorilas responden a la avena con miel,
los rinocerontes siguen la alfalfa,
las nutrias no pueden resistir la carne de cangrejo,
a los orangutanes les encantan
las semillas de calabaza tostadas,
y para mover a un oso pardo,
no hay nada más efectivo
que la mermelada de fresa.

MULTIPLICACIÓN DE LA SUMA

Adán

Enseñar en el Campamento Zoológico es triste
cuando tengo que explicar que solo quedan
veinte
lobos rojos
vivos
en la naturaleza.

Me paro reverente, observando a dos
de los últimos doscientos sobrevivientes
mantenidos cautivos
en criaderos.

Siento como si estuviera montado en el arca de Noé
en tierra seca.

Al menos hay una oportunidad de que dos
más doscientos
al final puedan
llegar a convertirse en veinte mil.

FOTOGRAFÍA DEL ZOOLÓGICO
Vida

Mi cámara lamenta la soledad
de un loro cubano viudo
enamorado de su propio reflejo
en un espejo.

Mi lente se regocija junto a una rinoceronte
que se rasca la cabeza con un cepillo giratorio
donado por una lavadora de autos.

Tanto la cámara como la rinoceronte
se sienten tan aliviadas de sobrevivir:
esta última hembra
de su especie ahora está preñada
inseminada artificialmente con esperma
traída aquí de un macho sobreviviente en una tierra lejana.

Por fortuna, las risas de los niños son un regalo
que viaja de un ser humano a otro, mientras los bebés
de mil especies en todo el criadero del zoológico
se revuelcan, corren, saltan y posan para fotos
que me dan esperanza
para el futuro.

PERCUSIÓN
Vida

Detrás de la cámara, mi ojo celebra
el tamborileo de las patas de flamencos sobre el lodo,
mientras mi corazón late cuando tú
estás cerca.

Los flamencos salvajes a menudo se unen a los cautivos
con sus alas recortadas, y me pregunto
si los pájaros del zoológico comprenden los riesgos
y las posibilidades
de la naturaleza salvaje.

¿Envidian
a los pájaros que vuelan?

¿Alguna vez podré volverte a tocar
y recordar la libertad
de los besos?

AL FIN

Adán

Vida acude a mí con un problema que resolver.
Los nidos de flamencos no son lo suficientemente firmes,
este lodo es demasiado arenoso,
tan suave que se desmorona.

Me pide que encuentre una fuente de arcilla roja de estadio
de béisbol, espesa y pegajosa,
como si estuviéramos planeando
abrir un estudio de cerámica.

Por supuesto, digo que sí:
solo se necesita una llamada telefónica
al entrenador, que conoce a todo el mundo en el deporte.

La sonrisa de Vida
es mi premio
del Salón de la Fama.

Ahora si solo me hablara
de nuestro propio futuro, en lugar de
de la vida amorosa de los pájaros.

CUMPLEAÑOS MELANCÓLICO

Vida

Se suponía que abuelita estaría en casa conmigo
pero su vuelo se retrasó, así que paso el sábado
en el santuario de vida silvestre, compartiendo cupcakes
con la Dra. Ramos, la veterinaria.

Cuando se va, me quedo sola con búhos
que tal vez nunca vuelvan a volar
después de ser apuntados por hombres
que los ven como augurios malignos.

Cada criatura en este refugio
ha sufrido por culpa de los humanos,
pero mientras están aquí, confían en mí,
así que canto viejas canciones cubanas de amor
como si todavía creyera en la fantasía
del amor y el final feliz.

TUMULTO
Adán

Me paro afuera del santuario de vida silvestre
y escucho tu voz mientras les cantas
a los animales heridos.

Tus letras no pueden alcanzarme
a través de esta puerta cerrada,
así que golpeo y golpeo
rítmicamente
como si estuviera haciendo
un redoble
hasta que al fin
me enfrentas
y escuchas
mi súplica.

Sé que debería haberte explicado de inmediato.
Ahora mi corazón se ha convertido
          en un ciclón
                    siempre girando
            nunca en paz
mientras me disculpo
una y otra vez...

¿PERDÓN?

Vida

senderos divididos
mis emociones aún congeladas
por esos días
distantes de frialdad,
así que
hielo
es todo
lo que puedo ofrecer

hasta que tú llegas
tomas mis manos
y te disculpas con tanto fervor
que casi te creo,
pero cuando intento responder
mis palabras se sienten inadecuadas

imagino
solo un abrazo
un simple beso
              y luego levitación
                            espacio salvaje   libertad
pero eso
aún
no es suficiente

CÓMO PERDONAR

Vida

De alguna manera
necesito eliminar
el signo de interrogación
de mi mente,
convencerme de que
el dolor no se
repetirá.

Eso
parece
imposible
pero el amor también.

La frontera entre el pasado y el presente
es ahora, así que me lanzo al presente
y alejo mi dolor y mis miedos
de vuelta a donde pertenecen
antes
y
después
de hoy.

DESPUÉS DEL PERDÓN

Vida

el amor es un poema
un estado de ser
casa
tierra
río
canoa
historia de origen
montaña sagrada
aroma a chocolate
cascada
el amor
        es una canción
una puerta
        iluminada
luz de tus ojos
        círculo de palabras
nuestro espiral
        abrazo
esta segunda oportunidad
                    milagrosa

CRONÓMETRO

Vida

¿Realmente hay una edad
en la que de alguna manera
dejaré
de
contar
besos?

LA VIDA FLOTA...

Adán

de una manera que nunca tiene sentido,
pero ahora todos mis sentidos están vivos
el verte el olerte tu sonido sabor tacto

las palomas oyen la llegada de terremotos distantes
los elefantes huelen el agua a
veinte kilómetros de distancia

juntos tú y yo detectamos una niebla invisible
de posibilidades, de la misma manera que las flores tienen
pigmentos ocultos, colores brillantes
que solo los colibríes
pueden ver

LA VIDA SE DESLIZA...

Vida

mientras nuestro hábitat natural de pleno vuelo crece
de la poesía de la cercanía, donde de alguna manera
amor
rima
con *libertad*

TATUAJE DE ANILLO DE LA VIDA

Adán

La mañana siguiente parece una eternidad

así que envuelvo tu nombre alrededor de mi dedo

V A

I D

un

remolino

que se eleva de la mente al cielo

luego de vuelta

a la Tierra

un vuelo

a través

de mi corazón

en un día soleado
en montañas aromáticas
durante una pausa entre desastres
la chica le pidió al chico que se casara con ella
algún día

así que él pintó un anillo
en su dedo
con tinta

y ella hizo su propio anillo
de una hoja verde
fingiendo que era una piedra lisa
jade reconfortante
como los artefactos que a menudo
descubrían
en cuevas escondidas detrás de cascadas
piedras talladas con diseños celestiales
dejadas
por los antepasados

JADE RECONFORTANTE

Vida

tantos años después de que te diera un anillo de hoja
tú
te
arrodillas
y me ofreces un anillo de piedra
verde oscuro como hierbas, helechos, árboles
aliento
del crecimiento
boscoso

ahora
seremos inseparables
como imaginamos
cuando teníamos solo siete años
y para siempre era una leyenda
de nuestro futuro
ancestral

ESPERANZA DE VIDA

Vida

los flamencos viven treinta años
en cautiverio
o sesenta en un zoológico

los humanos solo tienen unas pocas décadas
para sentirse atrapados o libres,
pero la esperanza vuela entre tú
y yo
ondeando como música
o fragancia
el flujo
ondulante
del tiempo

AVIARIO DEL CORAZÓN

Adán

el amor
es
una
pluma

y un ala

y
todo
el
aire
en medio

el amor es el nido
al que regresamos después de
cada vuelo

HORARIO DEL CAMPAMENTO ZOOLÓGICO

Vida

A cada rato entra un nuevo grupo
de niños,
así que realmente nunca tengo la oportunidad
de aprender los nombres,
solo leo las etiquetas de los chalecos verdes
que hacen que los niños
sean fáciles de encontrar en una multitud
dentro de la clase de Adán,
los esquivos adolescentes que siguen
escabulléndose
para coquetear.

PROPÓSITO DEL CAMPAMENTO ZOOLÓGICO

Adán

Educación.
Conservación.
Atención.
Asombro.

Todo suena tan imposible de comunicar
a los adolescentes que son solo
unos años más jóvenes que yo,
pero necesitan optimismo;
sin él, solo hay
apatía.

POR SIEMPRE SE ENCUENTRA CON AHORA

Vida

El calor y la lluvia convierten cada día
en un juego de adivinanzas, ¿adentro o afuera,
alerta de huracán o tormenta tropical?

Todo cambia sin cesar, así que lo único que puedo hacer
es sentirme alegre en este momento cuando estoy contigo
rodeada de manatíes, iguanas, jutías,
cocodrilos cubanos y otras criaturas
raras de la isla.

Fotografío los animales
que se abrazan entre sí
con largos cuellos
o colas enroscadas
en lugar de brazos.

Trato de responder las preguntas de los niños
sobre la crisis climática, las especies en peligro
y las maneras de ayudar a los animales
a sobrevivir, sobrevivir, sobrevivir...

GIRO INESPERADO

Adán

Mis hermanas me invitan
a una reunión del club de lectura en la casa de Rita
y aunque Luci todavía es tan joven,
hablamos sobre *Habla* de Laurie Halse Anderson,
y luego hablamos sobre Chet, cuyo papel
en el impactante ataque contra Vida
está claro ahora: un abogado e Islande
lograron que confesara
que no fue un simple testigo;
hizo de campana.

Su trabajo en el zoo terminó, pero Vida todavía me ruega
que prometa que,
si alguna vez nos cruzamos de nuevo, no lo
golpearé, porque no quiere visitarme
en la cárcel, si me detienen
por agresión
con un bate de béisbol...

así que, aunque las palabras se sienten como puños
en mi garganta, las saco a rastras: prometo
ser paciente y esperar a la justicia.

JÚBILO
Vida

Ahora que sabe sobre Chet
y el ataque en el internado,
Rita decide que es hora de su retiro, pero en español
retirarse de un trabajo es jubilarse, y *júbilo*
describe mis propios sentimientos en este momento.

Me estoy jubilando oficialmente de mi culpa
por no haber hablado antes.

Imagina cuántas chicas podrían verse libres del miedo y
el dolor
sí lográramos detener de inmediato
a los que intentan violar,
en lugar de esperar hasta que casi sea demasiado tarde.

Mi abogado ya está ocupado recopilando
testimonios de otras estudiantes violadas.
No fui la única, está claro que
es una verdad compartida,
y si todas somos escuchadas
en un tribunal, nuestras voces serán
más poderosas
que los músculos.

BASTA DE EUFEMISMOS

Vida

Los periodistas dicen *abusar* en lugar de *violar*
desinformación en lugar de mentiras
alegaciones en lugar de hechos.

Imagino que la razón
es la fortuna de la familia de Chet.
La influencia se respeta
más que los hechos.

Pero me cansé de las sustituciones
eufemísticas de la verdad.

Necesito enfrentar la fealdad de la vida
con palabras que me avergüencen
a pesar de que solo deberían
causarles vergüenza
a los perpetradores.

BASTA DE POEMAS DE AMOR DE PABLO NERUDA

Vida

Nuestro club de lectura decide boicotear a un hombre
que recibió un Premio Nobel, a pesar de presumir
de violaciones.

Neruda se jactó en sus memorias
de que cuando atacó a su criada tamil en Ceilán,
la veía como inhumana,
una estatua inmóvil
de piedra.

Ahora convierto su memoria en polvo:
los poemas de amor que solía disfrutar tanto,
vuelan por el viento de la voz en cuello
de la historia de ellas.

BONOBOS

Adán

Si tan solo los hombres fueran menos agresivos.
Los chimpancés patrullan las fronteras del territorio,
pero sus parientes cercanos, los bonobos,
son amables con los extraños.

Los bonobos nunca se matan entre sí,
y cuando un macho quiere aparearse
tiene que ser lo suficientemente educado
como para recibir la aprobación
de la madre de la hembra.

Los bonobos están mucho más avanzados
que los humanos
en la evolución interespecies
de la gentileza.

BÚSQUEDA DE PALABRAS
Vida

Ahora que despidieron a Chet de su trabajo en el zoológico,
Islande ayuda a Adán a enseñar al grupo de adolescentes
mientras yo me encargo de los niños más pequeños.

Preparamos búsquedas del tesoro para los osos hormigueros,
creamos piñatas comestibles para osos pardos,
nos reímos mientras un ternero de antílope eland juguetea,
y nos maravillamos por el sorprendentemente
poderoso rugido
de un
pequeño
koala.

Me siento como si estuviera dentro de un crucigrama,
buscando sinónimos lo suficientemente grandes
para comunicar todo el rango
de mi rabia
y esperanza.

PATRULLAR LAS FRONTERAS DEL AMOR

Vida

Me alegro de que Islande esté a cargo de los adolescentes
porque su aire de autoridad ayuda a frenar
el comportamiento coqueto de las chicas
que obviamente tienen interés
en mi novio.

Hasta ahora
nunca supe
que yo sería
de las celosas,
ferozmente territorial
como una criatura
al acecho.

Cuando se lo digo a Adán, parece sorprendido
y dice que él se sentiría igual.

Tal vez ambos necesitemos aprender
a confiar el uno en el otro
por completo.

el clima cambió tan de repente
que incluso los adultos sabios estaban perplejos,
y solo los niños
nunca
perdieron la esperanza

las criaturas
podrían adaptarse,
¿no es así?

las ilusiones de seguridad
eran casi tan reconfortantes
como las danzas imaginarias en el aire

todo lo que se necesita es la levitación
para hacer que las nubes tormentosas parezcan
menos peligrosas

BIODIVERSIDAD

Adán

Cada tarde, estudiamos los temas que enseñaremos
a la mañana siguiente,
sobre proyectos de conservación global
que coordinan planes para criar especies raras
en todo el mundo.

Algunos de los bebés criados aquí al final
serán liberados en sus hábitats naturales, pero otros
tienen que quedarse hasta que los cazadores furtivos y la tala
y las catástrofes climáticas
de alguna manera se controlen.

Es difícil convencer a los adolescentes
para que se sientan optimistas,
pero es fácil mostrarles cómo preparar comidas
para nutrias gigantes, capibaras, emús, cóndores
y tamarinos león dorados
con pelaje como la luz del sol
y ojos que irradian
secretos
de la selva.

ARCA DEL ZOO

Vida

niños maravillados
en un mundo de criaturas raras
esperando misericordia

PARENTESCO ENTRE ESPECIES

Vida

Tengo permiso para llegar temprano
y quedarme hasta tarde, durante las dos
horas doradas, justo después del amanecer
y justo antes del atardecer.
Mis fotos de animales en peligro de extinción
en el zoológico
son inferiores a las imágenes profesionales,
pero aun así pueden inspirar a los niños
mientras aprenden a ver a las criaturas
como parientes, merecedoras de bondad
f e
u n
t m
u a
r r
o c
a
d
o
compartido

EXHIBICIÓN EN MI MENTE
Vida

Imagino qué fotos enmarcaré
si Islande tiene éxito en su solicitud
de una exhibición de mis fotos.

La de un jaguar caminando sobre
su propio reflejo en un arroyo,
un búho en el momento de su liberación
después de que sus alas se han curado y
puede volver a volar libre, un flamenco
con el amanecer detrás de su cabeza
para que parezca un ángel rosa
con una aureola dorada.
Un bebé canguro arbóreo
asomándose desde la bolsa de su madre.
Una garza azul grande
posada detrás de una garceta blanca
para que parezcan la sombra del otro.

Un primer plano tuyo
mi sonrisa reflejada
en tu ojo.

COMUNICACIÓN
Vida

Somos los únicos animales con una esclerótica blanca
que rodea el iris colorido del ojo.

Así es como vemos las emociones de los demás
y revelamos nuestros propios sentimientos
con tanta claridad
        la dirección
                de una mirada
                        es fácil de seguir.

Cuando todo el ojo está oscuro, los animales observan
los gestos y movimientos de los demás
en lugar de las expresiones.

Mientras les explico esto a los niños,
ponen a prueba mi teoría, haciendo dibujos
de los demás
con miradas
impenetrables.

el
chico
y
la
chica
se
lanzaron
por el
acantilado
dedos
y miradas
volando
juntos

por
siempre
un
visible
mar
de
alegría

NOCHE EN EL ZOOLÓGICO

Vida

Una vez al mes
hay un campamento nocturno
con narradores de todo el mundo
y conferencistas invitados, como la joven pareja
llamada Leandro y Ana, que traen a un perro azul
de conservación llamado Cielo,
entrenado para ayudar a científicos
a encontrar pumas en California
y panteras en Florida.

Cuando Leandro dice que Cielo es un perro cantor cubano
recuerdo viejas historias sobre sus serenatas
y habilidades para emparejar, ambas tan legendarias
que ahora siento que estamos en un cuento de hadas
con el amor en el centro del flujo del tiempo
pasado-presente-futuro
todo ligado por ecos
de voces insulares
elevadas
y llenas de luz.

SUEÑO CANINO

Adán

Vida y yo decidimos
adoptar a nuestro propio perro
de un refugio, después del final del verano
cuando ambos empezaremos la universidad
con un poco de tiempo libre los fines de semana,
listos para entrenar a un canino de conservación
que pueda detectar el olor
de cualquier animal raro
que necesite ser
estudiado
o rescatado.

Nuestra conversación sobre narices y olores
nos recuerda que nosotros mismos olemos a criaturas,
estos uniformes del zoológico
constantemente manchados con comida,
orina, piel y heces
de una u otra especie en peligro de extinción.

Dentro de nuestras mentes, es la fragancia
de un sueño diurno de resilvestración.

NOCTURNO
Vida

Luci, Graciela y Libertad se unen
a nosotros en el Campamento Nocturno del Zoológico
donde son libres de explorar toda la noche,
mientras nuestro trabajo
es cuidar a los animales
para asegurarnos de que las personas
no escalen vallas,
tiren basura
o intenten alimentar
a las criaturas.

Despiertos toda la noche
escuchamos gruñidos,
aullidos, silbidos,
y rugidos, mientras los campistas
se estiran en sacos de dormir
sintiéndose seguros, porque imaginan
que estamos allí para proteger
a los humanos.

TAN CERCA

Adán

noctámbulos
juntos

mi mente
se siente como niebla

una cascada
de emociones

nuestras manos
    se entrelazan
        tan fuertemente

mientras nos paramos
    lado a lado
        mentes   a la deriva

AMANECER

Vida

susurrando
 toda la noche
  dentro
   del zoológico
    tan cerca
     de
      ti
       nos
        besamos
         A M A N E C E

MUJERES VETERINARIAS

Vida

Los gorilas nos observan.
El amanecer nos calienta.

Tomo algunas fotos de los simios
mientras Luci me pregunta sobre carreras.

Ella quiere saber qué tan difícil es
entrar a la facultad de Veterinaria, y cómo
podrá soportar ver sangre,
y qué pasa con la eutanasia, ¿no sería
devastador terminar la vida
de un paciente
terminal?

La única pregunta que puedo responder es la primera.
La mayoría de los estados solo tienen
un lugar para estudiar
Medicina Veterinaria, así que es competitivo,
pero ella es inteligente, y estudia mucho.

Hace cien años casi no había
veterinarias mujeres, pero ahora la mayoría son mujeres,
resultado de leyes que protegen la igualdad

y niñas que crecen ferozmente
perseverantes
y decididas.

Mi ejemplo favorito es Lila Miller,
una de las primeras estudiantes negras de Veterinaria
en Cornell,
que casi abandonó sus estudios debido al racismo
y una alergia mortal a los caballos.

Pero Lila perseveró, trabajó en refugios de mascotas
y los transformó de instalaciones de eutanasia
a santuarios de rehabilitación y adopción.

Le digo a Luci que solo se necesita la bondad de una persona
para cambiar por completo el mundo de las criaturas,
aunque me pregunto las mismas cosas
sobre mí misma: enfermedad, sangre, sufrimiento
y la muerte de las mascotas,
¿cómo podría ser
tan valiente como Lila?

CONTAR HISTORIAS...

Vida

es historia, como el verdadero relato que cuenta Islande
sobre 2022, un año en que todos los pájaros
en todos los zoológicos
tuvieron que ser trasladados al interior para protegerlos
de la gripe aviar
propagada por contacto
con criaturas libres.

Imaginen el desafío: nidos y polluelos fueron llevados
con tanta cautela,
los cuidadores de animales desesperados por atesorar
cada huevo raro.

Cigüeñas en el establo de los okapis.
Palomas alojadas con mariposas.
Frailecillos y pingüinos amontonados detrás del vidrio.
Flamencos negándose a ser separados, así que revolotearon
todos juntos, bailando y girando dentro de un baño.

Imaginen la alegría cuando al fin,
durante la primavera de 2023,

todos los pájaros fueron devueltos a recintos exteriores
con vista al cielo tormentoso
llamado supervivencia.

IMPERFECTAS

Vida

Las tres hermanas de Adán están de acuerdo conmigo
en que somos malas feministas, como Roxane Gay,
que escribió sobre amar los vestidos, el color rosa,
cuidar bebés y otras tradiciones
como la firme creencia de que sacar arañas
de una casa
sigue siendo trabajo
de hombres.

Queremos igualdad de oportunidades,
no recuerdos idénticos.

Ser feministas imperfectas es aún mucho mejor
que no ser feministas en absoluto,
así que seguimos leyendo
poesía de Joy Harjo, Maya Angelou, Rita Dove,
y Lucille Clifton, luego memorias de Malala Yousafzai
y Michelle Obama, preguntándonos si tal vez
algún día seremos mejores feministas
que logremos cambiar
nuestras propias extrañas
limitaciones.

A LA LUZ DEL DÍA

Adán

Paso la mañana mostrando a los campistas nocturnos
animales energéticos que saltan de emoción
porque están vivos
bajo el amanecer
otra oportunidad
para el asombro
de la exploración
incluso dentro de altas vallas.

Gacelas, ualabíes, lémures, gibones cantores,
cada esfuerzo por levitar me recuerda a la infancia
con Vida/Serena
mi vida serena
elevándose
hacia el
cielo.

los niños
estuvieron impacientes
todo el día en la escuela
esperando
esperando
esperando
su oportunidad
para salvar a un pájaro cantor,
un cerdo, un caballo o una mula
simplemente porque creían
en la afinidad del ser humano
con las criaturas

LAS IDEAS TAMBIÉN SON CRIATURAS

Adán

Cuando al fin nos vamos a casa después de acampar
en el zoológico, mi hermanita camina con un bastón
en lugar de usar su silla de ruedas.

Ella anuncia que ha decidido cómo enfriar
la ira de abuelo contra Rita, y sabe
que tengo que ser yo quien se esfuerce
por hacerlo cambiar de opinión.

Una carta.
Correo postal.
¡Cada joven
de ambas familias
firmará!

Al principio me río.
¿Quién escribe en papel
en lugar de enviar mensajes de texto?

Los mayores.
Así que lo intentamos.

La idea está viva.
Nuestra carta crece como una historia.

Cada una de mis hermanas añade sus propias esperanzas
de paz entre las familias
como si Vida y yo fuéramos Romeo y Julieta
con todos nuestros jóvenes parientes
de pronto unidos para poner fin a una guerra antigua
al firmar un tratado de paz
que libera
a las futuras generaciones
de la maldición heredada
del odio.

PERDONAR A NUESTRA HISTORIA FAMILIAR

Vida

Las fotos ilustran tu carta sobre nuestra necesidad
de poner fin a décadas amargas de hostilidad
de las que ni siquiera éramos conscientes
porque comenzó antes
de que existiéramos.

QUERIDOS

Adán

por favor
nuestro amor
con cariño

Todas las palabras que incluimos en la carta
surgen de la bondad, aunque las imágenes
que Vida imprime y sella dentro de sobres
muestran los labios gruñidores y los ojos frenéticos
de un anciano que gritó y chilló
como una bestia mítica, transformando
mi fiesta de dieciocho años
en una monstruosidad.

Él tenía razón.
El periodismo de Rita
le causó dolor.

Pero Rita también tenía razón,
las noticias que ella investigó
necesitaban ser escritas y distribuidas, así que el único
verdadero villano en esta tragedia
fue la censura impuesta por la tiranía.

UNIDAD

Vida y Adán

Una última foto
va en el sobre
con nuestra súplica escrita.

Flamencos
con alas recortadas
mientras bailamos juntos
esperanzas humanas y aviares
libres
y salvajes.

MINIMALISTA

Vida

a veces mis fotos favoritas son simples
una sola pluma o semilla, el pájaro o árbol   imaginado

así como la esencia del amor es tan fácil
siempre que somos solo tú y yo   deseando

LA VOZ DE UNA FOTOGRAFÍA

Adán

Nadie que mire una foto de nosotros mientras bailamos
con flamencos rosados
podría adivinar que es un festival
de ruido
cada pájaro graznando
como una mezcla entre
un ganso
y un cuervo.

Espero que esta foto
sugiera una vehemente protesta
al mostrar
        nuestros movimientos
los feroces
            giros
de energía.

en el monte todos los animales sabían
que solo se podía confiar en los niños

la niña y el niño deambulaban con valentía
como seres míticos, a veces remontando vuelo
elevándose
por encima del miedo

él era un corredor rapidísimo
y ella tenía una voz como la brisa del mar

juntos inspiraban la confianza
de criaturas que galopaban o batían alas
para celebrar
una festiva fuga
de corrales
y jaulas

CORREO POSTAL

Adán

Podría entregar esta carta en persona
pero hoy, una vez más, abuelo y papi
están borrachos y peleando, así que sello el sobre,
luego lo dejo en la oficina de correos.

Que se mueva con lentitud.
Para cuando abuelo lea nuestras palabras
quizá esté sobrio, obedeciendo al fin
las órdenes del médico para darle a su corazón reparado
una oportunidad.

Pase lo que pase
al menos me esfuerzo
por deslizarme de a poco
hacia la meta
de la paz.

GUERRERA RETICENTE

Vida

Aunque tuve que patear y morder para escapar
de violadores
evito libros y películas donde las chicas
tienen que batallar.

Mi único deseo es hacer que los hombres sean más pacíficos
no crear mujeres que se vean obligadas
a volverse violentas.

CAMBIO

Adán

Imaginen cuán indefensa estaría mi hermanita
si los médicos no hubieran descubierto
que los sobrevivientes de la polio
pueden aprender a caminar de nuevo, con férulas,
abrazaderas
y el doloroso esfuerzo de la terapia física.

Nadie debería
convertirse en víctima
de la desesperanza.

Incluso si abuelo no me escucha esta vez
seguiré tratando de cambiar su opinión
sobre atesorar el presente
en lugar de enfurecerse
por el pasado.

Ningún joven
debería heredar
el odio ancestral.

ENMARCAR EL TIEMPO

Vida

Una de las fotos más famosas de abuelita Rita
muestra a mi abuelo debilitado por la diabetes
mucho antes de que yo naciera.

Fue durante la peor época de hambre en Cuba:
sin proteínas ni insulina,
incluso los hospitales carecían de electricidad,
sin combustible para una ambulancia, solo pasto
para alimentar caballos
que lentamente llevaban a
abuelo.

En la foto, está rodeado de raciones oficiales
del Gobierno: harina, sal, arroz, unos frijoles,
tabaco y suficiente azúcar para morir rápidamente
en lugar de un bocado
a la vez.

Ahora siento que estoy dentro de esa foto
esperando ver si el pasado aplastará
mi futuro.

MUY OCUPADO PARA PREOCUPARSE

Adán

No podemos simplemente sentarnos
y esperar una respuesta
a nuestra súplica por un tratado de paz familiar,
tenemos que trabajar todos los días de la semana
y los sábados ambos somos voluntarios
en el centro de rescate de vida silvestre
y en el establo de equitación terapéutica
además, Vida tiene la fotografía
mientras yo corro, levanto pesas
y practico béisbol
con mis amigos, así que el tiempo
se desvanece en un torbellino
de posibilidades
anticipadas
con nostalgia.

SOLO SOMOS HUMANOS

Vida

A veces los domingos
escapamos a una laguna
para ser voluntarios
en un refugio de manatíes
donde criaturas gentiles
se recuperan de heridas
causadas por las afiladas
hélices
de lanchas rápidas
que me hacen desear
pertenecer
a una especie
más pacífica.

Solo somos humanos
pero los animales merecen
mucho más
bondad.

MENTORÍA

Vida

En el centro de rescate de vida silvestre
leo un poema titulado «Ser sostenido»
de un libro llamado *Historia de la bondad*
de Linda Hogan, y parece que cada búho,
águila, mapache, zarigüeya y coyote
escucha
con mucha atención
tratándome como una mentora.

El verso comienza con un abrazo de luz
y termina con la curación
después de una tormenta de vida.

Mi maestra favorita es la Dra. Ramos,
la veterinaria que siempre me respeta.

Cuando ella es voluntaria en el zoológico, me invita
a ayudarla a examinar los flamencos, y de repente
recuerdo cómo el futuro se sentía mucho más grande
antes de ese ataque, en un tiempo cuando aún
confiaba en todos.

REVISIÓN VETERINARIA DEL FLAMENCO

Vida

Yo coloco un largo cuello rosado
sobre mi hombro, mientras la Dra. Ramos
revisa las alas, patas y signos vitales,
luego vacuna contra el virus del Nilo occidental
y otras enfermedades aviares mortales.

Después, sugiere
varias carreras para mí: veterinaria de zoológico,
cuidadora de animales, fotógrafa de vida silvestre
todas las pasiones aventureras que ya había
elegido por mi cuenta, como si mi mentora
me confirmara que tengo la capacidad
de estudiar, estudiar, estudiar, aprender
y de alguna manera
al mismo tiempo
enseñarme a mí misma
coraje.

¡HUYE!
Adán

Una alerta de huracán
llega de repente
la orden de evacuación obligatoria
repetida en todas partes a la vez: noticias,
vecinos, familiares, amigos
todos empacando al mismo tiempo
con solo unas pocas horas restantes
para conducir hacia el norte
o volar...

Rita y Vida están en su coche,
mientras toda mi familia se apiña en
camionetas de jardinería, y nos mantenemos en contacto
llamando y enviando mensajes de texto
mientras el cielo amenazante
revuelve nuestros mensajes
y crea
caos.

UNA PESADILLA A LA LUZ DEL DÍA

Adán

Nubes oscuras
giran
se retuercen
escupen
arrojan
basura
ramas
tejas
mientras nos desplazamos hacia el norte
atrapados en el tráfico
una fila de coches
algunos abandonados
bajo torrentes
mientras la gente se estremece
de
terror
sobre aguas de inundación
donde los aligátores
y las serpientes venenosas se retuercen.

BLOQUEO EN LA CARRETERA

Adán

La ruta de la tormenta cambia de repente.
Notificaciones telefónicas y anuncios
de señales electrónicas sobre la carretera
repentinamente nos urgen
a regresar
a casa.

Autos de la patrulla de carreteras nos guían a todos
de regreso por donde vinimos, para evitar
conducir directo hacia el huracán traicionero.

Trato de imaginar remolinos de viento en espiral
sobre nosotros, pero todo lo que puedo ver
en mi mente
es el ojo tranquilo del huracán
            como si el cielo
            estuviera estudiando
                        la Tierra.

OJO DE LA TORMENTA

Adán

el resplandor

del aire

furia paciente

¿POR QUÉ NO?

Vida

Sé que los animales del zoológico
nunca son evacuados durante huracanes
pero, aun así,
deseo
poder quedarme
para ofrecer consuelo
comida
canciones…

La próxima vez
que haya una tormenta
seré voluntaria.

¿Por qué no debería ser
una de las valientes cuidadoras
que protegen a especies en peligro
cuando las inundaciones se vuelven feroces
y los vientos se tornan violentos?

EL HOGAR ES UN ROMPECABEZAS CON PIEZAS FALTANTES

Adán

Después de la evacuación cancelada
abuelo encuentra mi carta en el buzón
y se encierra en el garaje
a beber
e ignorarme.

Todavía está increíblemente enojado
por eventos que no tienen nada
que ver conmigo
o con Vida.

Necesito un lugar sin conflictos para vivir
así que me mudo en silencio,
aceptando la oferta del entrenador
de quedarme en su caseta de piscina, a cambio de
unas horas de jardinería.

Es una decisión fácil
hasta que pienso en mi hermanita,
que aún me necesita.

ESCOMBROS

Vida

Cada vez que una de las gorilas hembra
come una hoja o fruta, canta su propia
pequeña canción de satisfacción, mientras me mira
como si estuviera enviando una invitación
a unirme a su coro
así que hago lo que puedo para reproducir
música sin palabras
y juntas cantamos
al cielo herido
y a la Tierra dañada.

LA NORMALIDAD ES UNA ILUSIÓN

Adán

A veces siento
que Vida y yo somos dos criaturas
del Edén, exiliadas junto con los humanos
aunque no somos nosotros
quienes comimos fruta robada.

A veces siento
que soy un canino salvaje cautivo
que camina de un lado a otro
entre etapas
de evolución.

CAMINO

Adán

El entrenador es un balsero cubano
igual que yo
solo que mayor, más tranquilo, más sabio...

pero cuando me aconseja perdonar a mi familia
no quiero escuchar:
todo lo que hago es imaginarme la carrera
de una pelota en el aire,
como si apuntara su dirección lejos
de la seguridad, porque dejar la base de *home*
es la única forma de regresar
a casa.

SINCRONÍA
Vida

Antes de que Rita se jubilara
Adán podría haber vivido conmigo
y nadie se habría dado cuenta
pero ahora solo estamos juntos
enfrente de mi abuelita, o en el zoológico
con una regla de no-demostraciones-públicas-de-afecto
para todos los empleados, incluso aquellos que llevan
un anillo de compromiso de jade
o tatuado.

Así que encontramos momentos a solas
en el santuario de vida silvestre
tarde en la noche
serenados
por búhos
y coyotes.

Silbidos y aullidos graciosos
son acompañamientos melodiosos
para nuestro extraño
romance.

CUATRO DE JULIO

Adán y Vida

Los animales se aterrorizan con los fuegos artificiales
así que nos ofrecemos para quedarnos tarde en el zoológico
ayudando a los cuidadores
a asegurarse de que todas las criaturas
estén seguras dentro de sus casas
nocturnas de acero y concreto,
las mismas que sirven como refugios
durante tormentas.

En este reino de plumas y pezuñas
nos sentimos como niños de la isla de nuevo
elevándonos por encima de una jaula
de olas.

CANTAMOS PARA AHOGAR EL SONIDO DE LOS DISPAROS

Vida

Todos los animales están escondidos ahora
pero nos quedamos, por si acaso necesitan
humanos de apoyo emocional
para ayudarlos a
sentirse seguros.

Como si los fuegos artificiales no fueran suficiente ruido
en el Cuatro de Julio, explotan balas,
armas semiautomáticas, una guerra de rabia
en lugar de una celebración a la antigua.

Así que cantamos por todo el zoológico
cerca de cada casa nocturna resistente
esperando que nuestros sentimientos de preocupación
lleguen a las criaturas asustadas
que se acurrucan adentro
chillando su propia
música sin palabras.

los niños
se movían como agua sedosa
sobre piedras
y niebla

luego se elevaron
de nuevo
sin
abandonar
a ninguna criatura
aterrorizada o herida

PONCHE DE TIMÓN

Adán

nos besamos
como si fuéramos nubes
evaporándose con la luz del sol

cuando los científicos intentan definir el amor
analizando hormonas, feromonas
y ritmos cardíacos, olvidan
que no hay manera
de explicar
la ausencia
de la gravedad
o predecir el camino
de la levitación
y entender dónde
podrían aterrizar
nuestros pies
tocar el suelo
echar
raíces

CERRADURAS

Vida

Al día siguiente
todas las mujeres de la familia de Adán
cambian las cerraduras
de todas las puertas de su casa.

Después de una noche de caos, con hombres borrachos
y peleando, mujeres y niñas han renunciado
a convencerlos de vivir en paz...

así que tan pronto como su papi y abuelo
se quedan dormidos
en un tráiler estacionado cerca de un Walmart
Adán regresa
a su casa.

Esa semana en nuestra reunión del club
de lectura feminista
leemos un poema de Joy Harjo
sobre la imaginación
como una puerta.

CASI PACÍFICO

Adán

Vivir en casa de nuevo es confuso
porque abuelo y papi ahora están estacionados
justo afuera de la casa, bebiendo ron
e invitándome a unirme a ellos.

En un mundo
de hombres violentos
me siento como un exiliado.

GUARDIANES

Adán

El próximo campamento nocturno es casi tormentoso,
así que, por todo el zoológico nocturno,
la gente yace despierta
escuchando a lobos, leones, leopardos y el viento.

Los niños están demasiado asustados
para deambular muy lejos,
pero los adolescentes comienzan a vagar,
burlándose de los animales,
arrojando basura en los recintos, luego riendo
cuando las criaturas mordisquean bolsas de plástico
que podrían enredarse en sus vientres
y volverse mortales.

Somos guardianes.
Nuestros uniformes nos dan la autoridad
de ordenar a que las personas regresen
a sus sacos de dormir
con instrucciones de comportarse como si les importara
cada ser vivo.

A veces los humanos me hacen sentir vergüenza
por nuestros grandes, inteligentes cerebros y pequeños
corazones bestiales.

FUTURISTA

Adán

Para el próximo mes, el amor se siente ligero
y nuestra capacidad para levitar
por encima de las preocupaciones
parece tan natural.

Hay un nuevo centro de conservación
en el zoológico, con videos sobre acción climática,
exposiciones interactivas para niños
y una exhibición de fotos tomadas por Vida.

Ojos, piel, plumas, garras.
Cada detalle es tan emocionante
que estas criaturas enmarcadas
parecen tan reales como las que están
afuera de las paredes y cercas,
en la naturaleza, donde los animales
dependen de los humanos para poner fin
a nuestra destrucción
de millones
de especies.

¡VUELEN, PÁJAROS, VUELEN!

Vida

Justo antes de la inauguración de mi exposición de fotos
recito un poema en una de las pajareras,
un verso de Olive Senior
de Jamaica
sobre la temporada de caza de aves
cuando los chicos cazan
mientras las chicas
se paran en
umbrales
susurrando
urgentes
súplicas
para
que los seres alados
escapen
escapen
¡escapen!

la poesía estaba en el corazón
de todas las canciones de sanación de la niña
cada línea una súplica rítmica
de misericordia

DESTRUCCIÓN
Adán

Chet aparece mientras ayudo a Islande y Rita
a colgar las fotografías para la exhibición de Vida.

Hay un hombre mayor con él, su padre,
quien anuncia que su apellido ahora es parte
de este edificio, porque han hecho
una donación tan grande que pueden
aprobar o rechazar
cualquier exhibición.

Islande sacude la cabeza, murmura una maldición,
y pone su mano en mi brazo
para mantenerme tranquilo
mientras los dos hombres
rompen marcos
desgarran fotos
y destruyen
los pies de foto
que habrían ayudado
a los niños
a comprender la vida salvaje.

EVIDENCIA
Vida

Justo fuera de la puerta
Adán extiende las manos hacia mis hombros
tratando de alejarme de
la vista de paredes vacías.

Chet se me acerca
y suelta consejos,
diciéndome que debería llegar a un acuerdo
fuera de los tribunales, pero logro mantenerme en silencio
porque justo detrás de él, mi abuelita ya está
dando vueltas por la sala con su cámara poderosa
documentando un crimen para nuestro abogado: prueba
de que uno de los acusados
en un caso de agresión sexual
está tratando de intimidarme
—la demandante— quien era
aún menor de edad en el momento
del crimen.

Me parece justo
imaginar a Chet y sus amigos
registrados como pedófilos, algún día

después de que al final sean liberados
de prisión.

Otras tres chicas ya han acordado
hablar, gritar y testificar
que fueron violadas
por Chet y sus compañeros.

En mi opinión
su horrible padre
es igualmente culpable.

CONSUELO
Vida

Tarde
esa noche
después de la ira
y la tristeza
canto con búhos,
águilas, un lince
y una pantera,
nuestro coro
en un idioma
que inventamos
combinando
la habilidad musical
de muchas
especies
todos nosotros
parientes.

PIES DE FOTO
Vida

Sigo pensando en las descripciones que escribí
para cada foto,
breves declaraciones para ayudar a los niños
a entender la necesidad urgente de conservación.

—La mitad de todas las jirafas han desaparecido
en solo treinta años.

—La razón por la cual los flamencos andinos
están en peligro
está en tu mano, la batería de tu celular,
un producto de la minería de litio en humedales.

Cada pie de foto estaba destinado a ayudar a las imágenes
a hacer el salto de simple visual
a un anhelo emocional
de cambio.

Ahora comenzaré de nuevo,
haré nuevas impresiones de fotos,
compraré marcos, reescribiré los pies de foto
y añadiré un pequeño
autorretrato, mi historia de vida resumida
por una sola palabra audaz: *sobreviviente*.

EMBOSCADA

Vida

Ya devastada por el enfrentamiento
con Chet y su padre, realmente no quiero
asistir a una cena elegante con Adán, pero su entrenador
ha arreglado que se reúna con un cazatalento profesional
que planea disuadirlo de seguir con la universidad.

Está confundido y ansioso
así que necesito apoyarlo.

Él siempre está para mí
cuando necesito ánimo
entonces, ¿por qué me siento incapaz
de decidir qué vestido ponerme?
con volantes en lugar de ajustado,
que ondea debajo de la rodilla,
y sin demasiado escote,
incluso el tono discretamente apagado
del estampado sombra
de palma azul-gris de hojas sombreadas
parece algo que mi abuelita habría llevado
cincuenta años atrás
en lugar de ahora.

Desearía poder envolverme en un bosque real
como una orangutana solitaria dispuesta
a trepar un árbol alto
y construir
un nido
seguro
sola.

Soledad.
Así es como me siento.
La soledad en medio de una multitud parece irracional
pero todos los cazatalentos y entrenadores y jugadores
beben: Adán y yo somos los únicos
sobrios.

Cuando un extraño finge plantar besitos amistosos
en mis mejillas como un saludo, resisto.

Luego agarra mi barbilla
y dirige sus labios a mi boca
en un movimiento que solo puedo describir
como invasivo.

NO
Vida

Escucho mi voz
surgir de mi garganta
como un gruñido.
NO.

Pero el invasor de mi boca
no parece oírme
hasta que Adán
y su entrenador
repiten lo que dije.
No. Dijo no. Escuchen.

Las palabras de las mujeres son solo una niebla flotante
que pasa a través de las mentes de algunos hombres
sin forma.

PUNTO DULCE

Adán

Hay un lugar firme
cerca del centro de masa de un bate de béisbol
donde las vibraciones son mínimas.

Puedes encontrarlo golpeando con un martillo.
El punto dulce se siente sólido,
como un montante en una pared.
Le da a la bola un ángulo de lanzamiento
de ocho a treinta y dos grados.
Preciso.
Predecible.
Combinado con la velocidad
produce un golpe fuerte.

¿Por qué el comportamiento humano
no puede ser cuantificable también,
con reglas matemáticas,
para poder estar preparado para las sorpresas?

El cazatalentos que besó a Vida me tomó desprevenido.
¡Imaginen cuánto más sorprendida debió de estar ella!
Incluso la experiencia previa con la agresividad

no prepara a nadie para un ataque,
así que necesito un punto dulce
para entender mis propias reacciones.

SALIDA

Vida

Dejo el restaurante.
No se necesita explicación.
Todos presenciaron el crimen
porque incluso un
pequeño beso no deseado
es agresión sexual.

Mañana presentaré una queja
con el empleador del atacante.

Esta noche
todo lo que quiero hacer
es regresar al santuario de vida silvestre
donde puedo sentirme parte de algo.
Cuando Adán trata de venir conmigo
le pido espacio, y él escucha,
pero tan pronto como estoy sola con búhos
y cuervos, me encuentro deseando
alcanzar su mano, nuestras mentes
entrelazadas.

INMENSIDAD

Adán

Me siento como me sentí
cuando las reglas del béisbol cambiaron
y el tamaño de las bases creció tanto
que cualquier cosa parecía
posible.

¿Me culpará Vida por las acciones de otros hombres
o todavía podrá verme
cómo soy?

Resistí golpear al tipo que la besó
aunque alejarme
requirió de toda mi
fuerza de voluntad.

Ahora ansío cercanía
y ella es la que actúa distante.

Un mensaje de texto es todo lo que recibo,
solo un breve pedido
de paciencia, como si pudiera arrastrar todo el cielo
a mi corazón, y hacer que mi resistencia sea
infinita.

ESPACIO

Vida

Yo
pedí
espacio
pero
ahora
todo
lo que quiero
es cercanía
tu voz   aroma   tacto
así que me aventuro lejos de la seguridad
de vuelta al mundo de los humanos
mientras todos mis amigos búhos y demás animales
esperan pacientemente para escuchar
mi próxima
canción.

SE NECESITAN VOLUNTARIOS CON URGENCIA

Adán

La llamada para empleados del zoológico
dispuestos a quedarse
llega como un mensaje telefónico,
junto con una advertencia
de que se acercan ráfagas catastróficas: vientos
muy por encima del umbral de 250 kilómetros por hora
de un huracán categoría 5.

Esta tormenta podría llegar al doble de ese nivel,
un desastre registrado solo una vez,
cuando el Huracán Samuel
golpeó Cozumel, México, en 2020,
a 480 kilómetros por hora.
Apenas fue noticia, porque la mayor parte del tormento
fue en el mar y en pequeñas islas,
no en una gran ciudad como Miami
con millones de personas
que necesitan evacuar rápidamente
a pesar del tráfico, el frenesí, el pánico, la desesperación
y la negativa a creer

que las chirriantes

tormentas

son

cada vez más

y más peligrosas

cada

año.

HURACÁN EN EL ZOOLÓGICO

Vida

Me quedaré con las criaturas
que necesitan ser protegidas
por concreto y acero
dentro de casas nocturnas resistentes
compartiendo los peligros de la esperanza.

RECONCILIACIÓN

Adán

No me iré sin ti, Vida.
Toda mi familia ya está empacando
para evacuar, y tu abuelita
va con mi madre, porque de alguna manera
todos sus viejos resentimientos ahora han
desaparecido, reemplazados por recuerdos
de amistad en la isla
hace mucho.

Todo lo que se necesita para poner fin
a una enemistad entre vecinos
es esta nueva forma de peligro inconmensurable: el terror
climático.

MOVILIZAR TODO UN ZOOLÓGICO

Vida

Siento que estamos viviendo en una película de terror.
¿Cómo pueden tantas criaturas ser trasladadas al interior
tan rápidamente, y qué hay del santuario
de vida silvestre,
todos esos animales son más bien pequeños, ¿pueden
ser transportados en jaulas cargadas en remolques?
Solo rezo para que la Dra. Ramos
tenga suficientes voluntarios...

Islande me asigna a la cafetería,
una cocina enorme donde ayudo a preparar las comidas
así como golosinas para tentar a todas las criaturas
a entrar en sus impenetrables casas nocturnas.

Los hipopótamos tendrán sandías para aplastar.
Los elefantes necesitan tanto follaje que ramas
y pacas de heno se acarrean con equipo pesado.

Ratones que se contonean, gusanos y grillos, la comida viva
para reptiles y roedores, me hace sentir cruel
aunque sé que no hay manera de evitar
la naturaleza vida-y-muerte
de la depredación.

SEPARADOS

Adán

Mientras trabajas en la cocina
conduzco un camión para reunir animales con pezuñas
y llevarlos a un lugar seguro.

Incluso los bisontes y borregos cimarrones más fuertes
parecen tan frágiles,
huesos escondidos dentro de músculos
tan vulnerables
como los míos.

Pronto los árboles serán arrancados de raíz,
los techos volarán
como papel y una crecida de olas podría traer el océano
fluyendo hacia nosotros...

Si tan solo pudiéramos estar juntos ahora mismo.

Prometo que encontraré una manera
de unirme a ti, donde sea que termines:
en ese baño resistente con los flamencos,
o detrás de la guarida de los leones, los gorilas,
incluso una delicada pajarera se sentiría más segura
contigo que solo.

DESAFÍO BOTÁNICO

Adán

Mientras atraigo rebaños hacia un lugar seguro
conduciendo despacio, con una carga de heno
para tentarlos, saludo a los jardineros
que se están yendo, incapaces de proteger
los árboles y arbustos.

La jardinería dentro de los recintos de animales
es tan especializada que nunca
he considerado todas las complejidades: las hojas
y las flores no pueden ser venenosas para los animales,
pero tampoco deben ser demasiado comestibles,
o serán devoradas completamente,
por lo que se necesita lograr un equilibrio
entre seguridad
y supervivencia.

Tal vez eso es lo que necesitamos, mi vida,
algún tipo de punto intermedio para ayudarnos
a enfrentar el peligro sin perder la esperanza:
nuestras mentes
pueden crecer como enredaderas con flores
que beben de raíces profundas.

SURREALISTA

Vida

Estoy asignada a un baño de hombres
en un edificio de concreto y acero
con cincuenta flamencos del Caribe,
todos los hermosos pájaros rosados
mirándose
en un espejo
con las cabezas inclinadas
coqueteando.

Lleno los tres lavabos con agua
y cubro el suelo con paja,
luego vierto batidos de camarón
de una licuadora en tazones
que envían a las aves emocionadas
a arremolinarse.

Cuando doblan los largos cuellos
me maravilla su flexibilidad.
Los flamencos tienen diecinueve vértebras
mientras que las jirafas, al igual que los humanos,
poseen solo siete.

Desearía que mi mente tuviera la capacidad equivalente

de doblarse, estirarse y torcerse, para poder ver
detrás de las puertas y sobre las paredes, hasta
donde sea que estés, Adán: en el granero de los elefantes
o ese túnel detrás de las guaridas de leopardos o tal vez
todavía estés en una de las pajareras, con delicados
techos de celosía

que tal vez ya estén

volando mientras rescatas

aves del paraíso

y cálaos.

No hay nada que hacer más que esperar.
Tengo una litera, manta, botiquín de primeros auxilios,
batidos de proteínas, comidas deshidratadas,
mi teléfono y, por si acaso
deja de funcionar, una radio
como los que usan los policías
y los bomberos, porque somos
un servicio de emergencia
para los animales del zoológico,
su único vínculo
con el futuro
desconocido.

Si este huracán
se vuelve demasiado poderoso para la supervivencia,
tú y yo podríamos morir al lado
de nuestras queridas
criaturas.

Solo espero que para entonces
nos encontremos y estemos
juntos.

Por ahora, contengo la respiración y escucho
los graznidos torpes
de aves milagrosas
elegantes
bailarinas.

EQUILIBRIO FLAMENCO

Vida

picos largos
sinuosos
cuellos
rosados
delicadas
plumas
alas
cruelmente
recortadas

patas
zancos
danzan
sobre
fuertes
pies
palmeados

tan lejos de la libertad del cielo
su mundo ahora es una orilla fangosa
de deseos sumergidos

VIGILIA EN LA GUARDERÍA DEL ZOOLÓGICO

Adán

Después de reunir ñus, búfalos de agua,
camellos, llamas, alpacas y cabras montesas,
al fin estoy sentado en un refugio seguro
con crías de animales y sus cuidadores,
mi mente deslizándose de un lado a otro
entre los dulces ojos
de un chimpancé recién nacido
cuya madre nacida en cautiverio
no sabe cómo alimentarlo,
y tú, Vida, esperando con flamencos
mientras intercambiamos emojis alentadores
como si este fuera un día de trabajo común
en lugar del huracán más fuerte
que haya golpeado
cualquier lugar
de la Tierra.

Pronto el ojo tranquilo de la tormenta pasará
por encima de nosotros, y tendré mi única oportunidad
de dejar este refugio y correr para unirme a ti.

la primera criatura
que los niños rescataron
fue un cachorro perdido, asustado
por los truenos
durante la segunda mitad de un huracán
después de que el ojo silencioso hubo pasado
y la verdadera furia
se estrelló
contra
la
tierra.

VIGILIA CON FLAMENCOS
Vida

El hedor a camarones, guano y plumas
no me molesta,
a menudo estoy tan cerca de los olores de la vida silvestre
que mi ropa y mi cabello rara vez huelen a limpio,
pero cuando descubro una barra de chocolate negro
en mi kit de emergencia
la infancia
vuelve
a mí
como cascada
al recordar tu amistad
y nuestro rescate secreto de criaturas
en el bosque de cacao, donde sabía
que siempre habría un humano
que podría entender
nuestra mezcla híbrida
de miedo
    y
        alegría.

Tú pusiste este dulce aquí: planeaste
esta sorpresa aromática.

LA BONDAD ES UNA CHISPA DE LUZ

Vida

solo la suficiente alegría
para inundar la tormenta oscura
con luz solar.

MENSAJE FRAGMENTADO

Adán

tu último mensaje de texto
antes de que los teléfonos
y las radios
fallaran
dice que estás a salvo
y que te diriges hacia mí
así que respondo con el ruido de los flamencos
porque no puedo encontrar palabras humanas
y sé que escucharás
todo el tiempo posible
aunque
mi propia voz
esté silenciada por el miedo
mientras te imagino
levitando
por encima
de la tormenta
y su fuerza.

NO ESTOY EN EL OJO DEL HURACÁN

Adán

La trayectoria de la tormenta debió haber virado
hacia el oeste hasta la costa del golfo
o hacia el sur, hacia Cuba
porque una vez más
nos hemos librado
al menos
por ahora
mientras avanzo con cuidado
a través de ruinas de cercas destrozadas
árboles arrancados y
paredes frágiles...

Cuando al fin te encuentro
nos abrazamos
con tanta intensidad
que
ningún
viento
podría
separar
nuestra imaginación voladora.

CADA BESO NOS ELEVA...

Vida y Adán

hacia un cielo
de islas
sobre islas
amor
dentro del
amor

DIEZ HORAS MÁS TARDE

Adán y Vida

El zoológico es un mundo
de huracán renacido
de supervivientes
vivos.

Mientras los humanos deambulan
por los recintos
reparando
los daños
la bondad
envía chispas de luz
a las casas nocturnas
donde los animales esperan
nuestra creencia mística
en la esperanza
esperanza
esperanza.

NOTA DE LA AUTORA

Criaturas isleñas es una obra de ficción. El santuario de vida silvestre y el zoológico de cría no están basados en instituciones reales. Aun así, partes de la historia están inspiradas en mi experiencia con animales en Cuba y en Estados Unidos.

He tenido la fortuna de trabajar tras bambalinas para un proyecto de conservación de agua de riego en un zoológico de cría cerca de San Diego. También asistí a muchas clases en el Zoológico de San Diego, donde mi hija y yo acampamos durante la noche fuera del recinto de los gorilas, hicimos helados para elefantes, alimentamos a los rinocerontes con zanahorias y aprendimos cómo acariciar erizos.

En el sur de Estados Unidos, la mayoría de los zoológicos nunca evacuan a los animales durante los huracanes. Hay fotos famosas de flamencos en un baño en el Zoo de Miami durante el Huracán Andrew en 1992 y el Huracán Georges en 1998. Ese zoológico en particular ahora tiene un refugio especial contra tormentas para los flamencos, pero los zoológicos más pequeños, como el ficticio en este libro, continúan improvisando.

El club de lectura feminista se inspiró en los grupos de concienciación de la década de 1970, donde hombres jóvenes, incluido el que se convirtió en mi esposo, abogaban por la igualdad de derechos para las mujeres. El dilema de Rita es también uno que he compartido en mi vida diaria.

Cada vez que un periodista, novelista o poeta cubano o cubanoamericano escribe sobre la isla, entendemos que amigos y familiares podrían ser castigados por leer nuestras palabras en una tierra de estricta censura y duras penas. Las epidemias de fiebre del dengue son uno de los muchos temas que han sido ocultados por los censores.

Muchos otros detalles en esta novela están inspirados en hechos científicos. Por ejemplo, el cacao es un árbol oriundo de las regiones montañosas de las Américas tropicales, donde el cambio climático pone en peligro el futuro del chocolate. Los flamencos andinos son una de las muchas especies de humedales amenazadas por la extracción de litio necesaria para las baterías de automóviles eléctricos. Mi hermana tuvo polio de niña. De adulta, trabajó duro para convertirse en una excelente jinete y esquiadora. La polio es ahora una enfermedad prevenible, pero muchos padres han decidido no vacunar a sus hijos.

Vida y Adán me llegaron como individuos completamente formados y complejos. Se negaron a dejarme descansar hasta que escribiera su historia de amor. Ellos esperan que la encuentres esperanzadora.

En todo el mundo, la violencia contra las mujeres es un horror continuo. Muchas niñas y mujeres nunca hablan sobre los crímenes contra nosotras, pero el silencio solo hace que el problema sea más difícil de resolver. Si tú o alguien que conoces necesita denunciar violencia sexual, puedes encontrar ayuda en rainn.org.

AGRADECIMIENTOS

Le doy gracias a Dios por las personas que creen en la bondad. Agradezco a mi familia, en especial a mi esposo, Curt Engle, quien me dijo que era feminista el día que lo conocí y ha conservado su dedicación a la equidad y la justicia para las mujeres, así como su bondad hacia los animales.

Gracias en especial al Zoológico de San Diego y al Parque Safari, a mi hija Nicole y a mi hijo Víctor, por acompañarme a los campamentos en el zoológico cuando eran niños.

Estoy profundamente agradecida con mi agente Michelle Humphrey, mi extraordinaria editora Reka Simonsen, la asistente editorial Jin Soo Chun y con todo el equipo editorial de Atheneum.